新潮文庫

博　物　誌

ルナール
岸田国士訳

新潮社版

640

目次

挿絵　ボナール

博物誌

影像《すがた》の猟人《かりうど》

Le Chasseur d'images

　朝早くとび起きて、頭はすがすがしく、気持は澄み、からだも夏の衣裳《いしょう》のように軽やかな時にだけ、彼は出かける。別に食い物などは持って行かない。みちみち、新鮮な空気を飲み、健康な香《かおり》を鼻いっぱいに吸いこむ。猟具《えもの》も家へ置いて行く。彼はただしっかり眼をあけていさえすればいいのだ。その眼が網の代りになり、そいつにいろいろなものの影像《すがた》がひとりでに引っかかって来る。

　最初に網にかかる影像《すがた》は、道のそれである。野梅と桑の実の豊かにみのった二つの生垣に挟まれて、すべすべした砂利が骨のように露出し、破れた血管のように轍《わだち》の跡がついている。

　それから今度は小川の影像《すがた》をつかまえる。それは曲り角ごとに白く泡だちながら、柳の愛撫《あいぶ》の下で眠っている。魚が一匹腹を返すと、銀貨を投げこんだようにきらきら光り、細かい雨が降りだすと、小川は忽《たちま》ち鳥肌をたてる。

彼は動く麦畑の影像《すがた》を捕える。食欲をそそる苜蓿《うまごやし》や、小川に縁どられた牧場の影像《すがた》を捕える。通りすがりに、一羽の雲雀《ひばり》が、あるいは鶸《ひわ》が飛び立つのをつかまえる。

それから、彼は林のなかへはいる。すると、われながらこんな繊細な感覚があったのかと思うようだ。好《よ》い香《におい》がもう全身にしみわたり、どんな鈍いざわめきも聞き逃さない。そしてすべての樹木と相通じるために、彼の神経は木の葉の葉脈に結びつく。

やがて、興奮のあまり気持がへんになってくる。何もかもはっきりしすぎる。からだのなかが醱酵《はっこう》したようになる。どうも気味がわるい。そこで林を出て、鋳型《いがた》作りの職人たちが村へ帰って行く、その後ろを遠くからつける。

林の外へ出ると、ちょうどいま沈もうとする太陽が、その燦然《さんぜん》たる雲の衣裳を地平線のうえに脱ぎすて、それが入り交り折り重なってひろがっているのを、いっとき、眼がつぶれるほど見つめている。

さて、頭のなかをいっぱいにして家へ帰って来ると、部屋のランプを消しておいて、眠る前に永い間、それらの影像《すがた》を一つ一つ数え挙げるのが楽しみだ。

影像《すがた》は、素直に、思い出のまにまに蘇《よみがえ》って来る。その一つ一つがまた別の一

つを呼び覚まし、そしてその燐光《りんこう》の群れは、ひっきりなしに新手が加わってふえて行く――あたかも、一日じゅう追い回され、散り散りになっていた鷓鴣《しゃこ》の群れが、夕方、もう危険も去って、鳴きながら畦《あぜ》の窪《くぼ》みに互いに呼び交しているように。

雌《めん》鶏《どり》

La Poule

戸をあけてやると、両脚を揃《そろ》えて、いきなり鶏小屋から飛び下りて来る。

こいつは地味な粧《よそお》いをした普通の雌鶏で、金の卵などは決して産まない。

外の明るさに眼が眩《くら》み、はっきりしない足どりで、二足三足庭の中を歩く。

まず眼につくのは灰の山である。彼女は毎朝そこでいっとき気晴らしをやる習慣になっている。

彼女は灰の上を転げ回り、灰の中にもぐり込み、そして羽をいっぱいに膨らましながら、激しく一羽搏《はばた》きして、夜ついた蚤《のみ》を振い落す。

それから今度は深い皿の置いてあるところへ行って、この前の夕立でいっぱい溜《たま》っている水を飲む。

彼女の飲み物は水だけだ。

彼女は皿の縁の上でうまくからだの調子をとりながら、一口飲んではぐっと首を伸ばす。

それが済むと、あたりに散らばっている餌《えさ》を拾いにかかる。

柔らかい草は彼女のものである。それから、虫も、こぼれ落ちた麦粒も。

彼女は啄《ついば》んで、疲れることを知らない。

時々、ふっと立ち止る。

赤いフリージア帽を頭に載せ、しゃんとからだを伸ばし、眼つき鋭く、胸飾りも引立ち、彼女は両方の耳で代るがわる聴き耳を立てる。

で、別に変ったこともないのを確かめると、また餌を捜し始める。

彼女は、神経痛にかかった人間みたいに、硬直した脚を高くもち上げる。そして、指を拡《ひろ》げて、そのまま音のしないようにそっと地べたへつける。

まるで跣足《はだし》で歩いているとでも言いたいようだ。

雄《おん》 鶏《どり》

Coqs

1

彼は一度も鳴いたことがない。一晩も鶏小屋で寝たことがなく、それこそ一羽の雌鶏《めんどり》さえ知らなかった。

彼のからだは木でできていて、腹の真ん中に鉄の脚が一本ついている。そして、もう何年となく、今ではとても建てられそうもない天主堂の上で暮している。それはちょっと納屋《なや》みたいな建物で、その棟瓦《むねがわら》の線はまず牛の背中と同じくらいまっすぐである。

ところで、今日、その天主堂の向うの端に石屋の連中が姿を現わした。

木の雄鶏はじっと彼らの方を眺めていると、そのとき急に風が吹いて来て、無理やり後ろを向かされてしまう。

　で、それから振向いて見る度に、新しい石が積み上げられては、眼の前の地平線を少しずつ塞《ふさ》いで行った。

　やがて、ぐっと首を持ち上げながら、よく見ると、やっとでき上がった鐘楼のてっぺんに、今朝まではそんな所にいなかった若い雄鶏が一羽止っている。どこから舞い込んで来たか、こやつは、尻尾《しっぽ》をはね上げ、いっぱし歌でもうたえそうに口をあけ、そして片方の翼《はね》を腰のところに当てたまま、どこからどこまでま新しく、陽の光をいっぱいに受けて輝いている。

　まず、二羽の雄鶏はぐるぐる回る競争をする。しかし、古い木の雄鶏はすぐ力が尽きて負けてしまう。一本しかない足の下で、梁《はり》が今にも崩れ落ちそうになっている。彼は危うく倒れようとして、体を突っ張りながら前へのめる。彼は軋《きし》み、そして止る。

　すると、今度は大工たちがやって来る。

　彼らは天主堂のこの虫のついた部分を取り壊し、その雄鶏を下ろして来ると、それを持って村じゅうを練り歩く。誰でも祝儀《しゅうぎ》さえ出せば、そいつにさわっていい。

雄　　鶏

或《あ》る連中は卵を一つ、或る連中は銅貨を一枚出す。ロリオの奥さんは銀貨を一枚出す。

大工たちはたらふく酒を飲み、それからめいめいその雄鶏の奪い合いをした揚句、とうとうそいつを焼いてしまうことに決める。

彼らはまず藁《わら》と薪束《まきたば》を積み上げて雄鶏の巣を作ってやり、それから、火をつける。

木の雄鶏はぱちぱちと気持よく燃え、その炎は空に昇って、彼はちゃんと天国にたどりつく。

2

毎朝、止り木から飛び降りると、雄鶏は相手がやっぱり彼処《あそこ》にいるかどうか眺めてみる――相手はやっぱりそこにいる。

雄鶏は、自慢を許すなら、地上のあらゆる競争者を負かしてしまった――が、この相手、こいつは手の届かないところにいる、これこそ勝ち難き競争者であ

る。

雄鶏は叫びに叫ぶ。呼びかけ、挑みかけ、脅しつける——しかし相手は、決った時間が来なければ応《こた》えない。それもだいいち答えるのではない。

雄鶏は見得をきり、羽を膨らます。その羽はなかなか悪くなく、青いところもあれば、銀色のところもある——しかし、相手は、青空のただなかに、まばゆいばかりの金色である。

雄鶏は自分の雌鶏をみんな呼び集め、そしてその先頭に立って歩く。見よ、彼女らは残らず彼のもの。どれもこれも彼を愛し、彼を畏《おそ》れている——が、相手は燕《つばめ》どものあこがれの主である。

雄鶏はすべてに浪費家である。処《ところ》きらわず、恋の句点を打ちまわり、ほんのちょっとしたことに、金切声を張りあげて凱歌《がいか》を奏する——しかし相手は、折も折、新妻を迎える。そして空高く、村の婚礼を告げ知らす。

雄鶏は妬《ねた》ましげに蹴爪《けづめ》の上に伸び上がって、最後の決戦を試みようとする。その尾は、さながらマントの裾《すそ》を剣ではね上げているようだ。彼は、鶏冠《とさか》に真っ赤に血を注いで戦いを挑み、空の雄鶏は残らず来いと身構える――しかし、相手は、暴風《あらし》に面《おもて》を曝《さら》すことさえ恐れないのに、今はただ、微風に戯《たわむ》れながらくるりと向うをむいてしまう。

そこで、雄鶏は、日が暮れるまで躍起となる。

彼の雌鶏は一羽一羽帰って行く。彼は声を嗄《か》らし、へとへとになり、もう暗くなってきた中庭に、たった独り残っている――が、相手は、今もまだ太陽の最後の炎を浴びて輝きわたり、澄みきった声で、平和なゆうべのアンジェリュスをうたっている。

家鴨《あひる》

Canards

まず雌の家鴨が先に立って、両脚でびっこを引きながら、いつもの水溜《みずたま》りへ泥水を浴びに出かけて行く。

雄の家鴨がそのあとを追う。翼《はね》の先を背中で組み合せたまま、これもやっぱり両脚でびっこを引いている。

で、雌と雄の家鴨は、なにか用件の場所へでも出かけて行くように、黙々として歩いて行く。

最初まず雌の方が、鳥の羽や、鳥の糞《ふん》や、葡萄《ぶどう》の葉や、わらくずなどの浮んでいる泥水の中へ、そのまま滑り込む。ほとんど姿が見えなくなる。

彼女は待っている。もういつでもいい。

そこで今度は雄が入って行く。彼のごうしゃな彩色は忽《たちま》ち水の中に沈んでしまう。もう緑色の頭と尻《しり》のところの可愛《かわい》い巻毛が見えるだけだ。どちらもいい気持でじっとそうしている。水でからだが暖まる。その水は誰も取換えたりはしない。ただ暴風雨《あらし》の日にひとりでに新しくなるだけだ。

雄はその平べったい嘴《くちばし》で雌の頸《くび》を軽く噛《か》みながら締めつける。いっとき彼は頻《しき》りにからだを動かすが、水は重く澱《よど》んでいて、ほとんど漣《さざなみ》も立たないくらい

家　　鴨

だ。で、すぐまた静かになると、なめらかな水面には、澄み渡った空の一隅が黒く映る。

雌と雄の家鴨はもうちっとも動かない。太陽の下で茹《うだ》って寝込んでしまう。そばを通っても誰も気がつかないくらいだ。彼らがそこにいることを知らせるのは何かと言えば、たまに水の泡《あぶく》が幾つか浮び上がってきて、澱んだ水面ではじけるだけである。

鵞《が》鳥《ちょう》

L'Oie

チエンネットも村の娘たちとおんなじに、パリへ行きたいと思っている。しかし、その彼女が鵞鳥の番さえできるかどうか怪しいものだ。

実をいうと、彼女は鵞鳥を追って行くというよりも、そのあとについて行くのだ。編物をしながら、機械的に、その一団のあとを歩いて行くだけで、あとは大人のように分別のあるトゥウルウズの鵞鳥に任せきりにしている。

トゥウルウズの鵞鳥は、道順も、草のよしあしも、小屋へ帰る時刻もちゃんと知っている。

勇敢なことにかけては雄の鵞鳥もかなわないくらいで、悪い犬などが来ても立派に姉妹《きょうだい》の鵞鳥たちを庇《かば》ってやる。彼女の頸《くび》は激しく震え、地面とすれすれに蛇のようにくねり、それからまたまっすぐに起き上がる。その様子に、チエンネットはおろおろするばかりで、これには顔色なしである。で、万事うまくいったと見ると、彼女は意気揚々として、こんなに無事におさまっているのは誰のお蔭《かげ》だと言わんばかりに、鼻声で歌い始める。

彼女は、自分にはまだそれ以上のこともできると堅く信じている。

で、或《あ》る夕方、とうとう村を出て行く。

彼女は嘴《くちばし》で風をきり、羽をぺったりくっつけて、道の上をぐんぐん歩いて行く。女たちは、すれちがっても、こいつを止める勇気がない。気味の悪いほど速く歩いているからだ。

そして一方でチエンネットが、向うに取り残されたまま、てんから人間の力を失ってしまい、鵞鳥たちとおんなじに何の見分けもつかなくなっているうちに、トゥウルウズの鵞鳥はそのままパリへやって来る。

七面鳥

Dindes

1

彼女は庭の真ん中を気取って歩き回る。あたかも帝政時代の暮しでもしているようだ。

ほかの鳥たちは、暇さえあれば、めったやたらに、食ってばかりいる。ところが、彼女は、ちゃんと決った時間に食事をとるほかは、絶えず姿を立派に見せることに浮身をやつしている。羽には全部糊《のり》がつけてある。そして尖《とが》った翼の先で地面に筋を引く。自分の通る道をちゃんと描いておくようだ。彼女は必ずその道を進み、決してわきへは行かない。

彼女はあんまりいつも反り身になっているので、自分の脚というものを見たことがない。

彼女は決して人を疑わない。で、私がそばへ寄って行くと、早速もう自分に敬意を表しに来てくれたつもりでいる。

もう、彼女は得意そうに喉《のど》をぐうぐう鳴らしている。

「畏《おそ》れながら七面鳥の君」と私は彼女に言う。「君がもし鵞鳥《がちょう》か何かだったら、僕もビュッフォンがしたように君の讃辞《さんじ》を書くところさ、君のその羽を一枚拝借してね。ところが、君はただの七面鳥にすぎないんだ」

きっと私の言い方が気に障《さわ》ったに違いない。彼女の頭にはかっと血が上る。嘴《くちばし》のところに癇癪《かんしゃく》の皺《しわ》が垂れ下がる。彼女は今にも真っ赤に怒り出しそうになる。で、その尾羽の扇子をぱさりと一つ鳴らすと、この気むずかしやの婆《ばあ》さんは、くるりと向うをむいてしまう。

2

道の上に、またも七面鳥学校の寄宿生たち。

毎日、天気がどうであろうと、彼女らは散歩に出かける。

彼女らは雨を恐れない。どんな女も七面鳥ほど上手に裾《すそ》はまくれまい。また、日光も恐れない。七面鳥は日傘も持たずに出かけるなんていうことはない。

小紋鳥

La Pintade

これは私の家の庭に住む佝僂女《せむし》である。彼女は自分が佝僂のせいで、よくないことばかり考えている。

雌鶏《めんどり》たちの方では別になんにも言いはしない。ところが、だしぬけに、彼女はとびかかって行って、うるさく追い回す。

それから今度は頭を下げ、からだを前かがみにして、瘦《や》せっぽちの脚に全速力を出して走って行くと、一羽の七面鳥が円く羽を拡《ひろ》げているちょうどその真ん中を狙《ねら》って、堅い嘴《くちばし》で突っかかる。この気どりやが、ふだんから癪《しゃく》に障《さわ》ってしようがないのだ。

そんな風で、頭を青く染め、ちょび髭《ひげ》をぴくぴくさせ、いかにも兵隊好きらしく、彼女は朝から晩まで独りでぷりぷりしている。そうしては理由もなく喧《けん》嘩《か》を吹きかけるのだが、多分、しょっちゅうみんなが自分のからだつきや、禿《は》げ上がった頭や、へんに下の方についている尻尾《しっぽ》などを笑いものにしているような気がするのだろう。

そして、彼女はひっきりなしに、剣の切っ先のように空気を劈《さ》く調子外れの鳴き声をたてている。

時々、彼女は庭を出て、どこかへ行ってしまう。お蔭《かげ》で、平和な家禽《かきん》一同をいっときホッとさせる。ところが、彼女はまたやって来る。前よりもいっそう喧《やかま》しく、騒々しい。そして、無茶苦茶に地べたを転げ回る。

いったい、どうしたのだ?

彼女は胸に一物あって、芝居をやっているのである。

彼女は野原へ行って卵を産んで来たのだ。

私は気が向けば、そいつを捜しに行ってもいい。

彼女は、佝僂のように、埃《ほこり》のなかを転げ回っている。

鳩《はと》

Les Pigeons

彼らは家の上で微《かす》かな太鼓のような音を立てるにしても——

日蔭《ひかげ》から出て、とんぼ返りをし、ぱっと陽に輝き、また日蔭に帰るにしても——

彼らの落着きのない頸《くび》は、指に嵌《は》めたオパールのように、生きたり、死んだりするにしても——

夕方、森のなかで、ぎっしりかたまって眠り、槲《かしわ》の一番てっぺんの枝がその彩色した果実の重みで今にも折れそうになるにしても——

そこの二羽が互いに夢中になって挨拶《あいさつ》を交し、そして突然、互いに絡《から》み合うように痙攣《けいれん》するにしても——

こっちの一羽が、異郷の空から、一通の手紙を持って帰って来て、さながら遠く離れた女の友の思いのように飛んで来るにしても（ああ、これこそ一つの

証拠《あかし》！）——

そのさまざまの鳩も、初めは面白いが、しまいには退屈になって来る。

彼らはひとところにじっとしていろと言われても、どうしてもそれができないだろう。そのくせ、いくら旅をして来ても、一向利口にならない。

彼らは一生、いつまでたってもちっとばかりお人好《ひとよ》しである。

彼らは、嘴《くちばし》の先で子供が作れるものと頑固に思い込んでいる。

それに、全くしまいにはやりきれなくなって来る——しょっちゅう喉《のど》に何か詰っているという、例の祖先伝来の妙な癖は。

二羽の鳩が、ほら「さあ、こっちにきて《ビャン・モン》、あんた《グルルロ》……さあ、こっちにきて《ビャン・モン》、あんた《グルルロ》……さあ、こっちにきて《ビャン・モン》、あんた《グルルロ》……」

注　鳩の啼《な》き声「モン・グルルロ」は、ここでは親しい者（雄鳩）に呼びかける「モン・グロ」と似せている。

孔《く》 雀《じゃく》

Le Paon

今日こそ間違いなく結婚式が挙げられるだろう。

実は昨日のはずだった。彼は盛装をして待っていた。花嫁が来さえすればよかった。花嫁は来なかった。しかし、もうほどなく来るだろう。

意気揚々と、インドの王子《プリンス》然たる足どりで、彼はそのあたりを散歩する。新妻への数々の贈物は、ちゃんと自分の身につけて持っている。愛情がその彩色の輝きを増し、帽子の羽飾りは竪琴《たてごと》のように震えている。

花嫁は来ない。

彼は屋根の頂に登り、じっと太陽の照らす方を眺める。彼は魔性の叫びを投げかける——

——レオン！　レオン！

こうして花嫁を呼ぶのである。何ものも姿を見せず、誰も返事をしない。庭の鳥たちももう慣れっこになっていて、頭をあげようともしない。そういつまで感心ばかりしてはいられないのだ。彼は中庭に降りて来る。誰を恨むというでもない。それほど自分の美しさを信じている。

結婚式は明日になるだろう。

そこで、残りの時間をどうして過そうかと、ただ、あてもなく踏段の方へ歩いて行く。そして神殿の階段《きざはし》でも登るように、一段一段、正式の足どりで登って行く。

彼は裾長《すそなが》の上衣の裾を引き上げる。その裾は、多くの眼が注がれたまま離れなくなってしまったために、なにさま重くなっている。

彼は、そこでもう一度、式の予行をやってみるのである。

白　鳥　Le Cygne

彼は泉水の上を、雲から雲へ、白い橇《そり》のように滑る。なぜなら、彼は、水の中に生じ、動き、そして消え失《う》せる綿雲だけに食欲を感じるからである。彼が望んでいるのは、その一きれである。そして、いきなり、雪の衣を纏《まと》ったその頸《くび》を突っ込む。

それから、女の腕が袖口《そでぐち》から現われるように、彼は首を引き出す。

なんにも取れない。

彼はじっと見つめている。雲は、愕《おどろ》いて姿を消した。

一度醒《さ》めた迷夢は、忽《たちま》ち甦《よみがえ》る。なんとなれば、雲は間もなく姿を現わし、彼方《かなた》、水面の波紋が消えて行くあたりに、また一つ雲が出て来るからである。

軽い羽蒲《はねぶ》団《とん》に乗って、静かに白鳥は漕《こ》ぎながら、その方に近づく……。

彼は水に映る空《むな》しき影を追うて疲れ、雲ひときれを捕える前に、おそらくは

やがてこの妄想の犠牲となって、死に果てるであろう。

おい、おい、何を言ってるんだ……。

彼は潜《くぐ》る度ごとに、嘴《くちばし》の先で、養分のある泥の底をほじくり、蚯蚓《みみず》を一匹銜《くわ》えて来る。

彼は鵞鳥《がちょう》のように肥《ふと》るのである。

猫　Le Chat

私のは鼠《ねずみ》を食わない。そんなことをするのがいやなのだ。つかまえても、それを玩具《おもちゃ》にするだけである。

遊び飽きると、命だけは助けてやる。それからどこかへ行って、尻尾《しっぽ》で輪を作ってその中に坐《すわ》り、拳固《げんこ》のように格好よく引き締った頭で、余念なく夢想に耽《ふけ》る。

しかし、爪傷《つめきず》がもとで、鼠は死んでしまう。

犬

Le Chien

ポアンチュウも、こんな季節になると外へ出しておくわけにいかない。おまけに、扉《ドア》の下から鋭い唸《うな》り声を立てて風が吹きつけるので、彼は靴拭《ぬぐ》いのところにさえいられなくなる。で、もっといい場所を捜しながら、私たちの椅子《いす》の間に、そのごつい頭をもぐり込ませて来る。しかし、私たちは、肘《ひじ》と肘をすれすれに、ぴったりからだをくっつけ合って、じっと火の上にかがみ込んでいる。で、私はポアンチュウを一つひっぱたく。父は足で押しのける。おふくろは叱《しか》りとばす。姉は空《から》のコップを彼の鼻先へ突きつける。

ポアンチュウは嚔《くしゃみ》をして、それでも念のために、誰もいない台所を覗《のぞ》きに行く。

やがてまた戻って来ると、膝《ひざ》で絞め殺されそうなのもものともせず、無理やり私たちの囲みを押し破って、とうとう煖炉《だんろ》の一角に辿《たど》り着く。

そこでしばらくぐずついた末に、とうとう薪台《まきだい》のそばへ坐《すわ》り込むと、もうそれっきり動かない。彼は主人たちの顔をじっと見つめ、その眼つきがいかにも優しいので、こっちもつい叱れなくなってしまう。ただ、その代り、ほとんど真っ赤になっている薪台と、掻《か》き寄せた灰が、彼の尻《しり》を焦《こ》がす。

それでもそのままじっとしている。

みんなはまた彼に道をあけてやる――

「さあ、あっちへ行って！　馬鹿《ばか》だね、お前は！」

しかし、彼は頑張っている。で、野良犬《のらいぬ》どもの歯が寒さにがたがた震えている時刻に、ポアンチュウはぬくぬくと暖まり、毛を焦がし、尻を焼きながら、唸りたいのを我慢して、じっと泣き笑いをしている――眼にいっぱい涙を溜《た》めたまま……。

牝《め》牛《うし》

La Vache

これがいい、あれがいいと、とうとう捜しあぐんで、彼女には名前をつけないでしまった。で、彼女のことはただ「牝牛」という。そして、この名前が彼女には一番よく似合う。

それに、そんなことはどうでもいいのだ、食うものさえ食えれば！ところが、青草でござれ、干草でござれ、野菜でござれ、穀物でござれ、パンや塩に至るまで、なんでも食いほうだいである。おまけに、彼女は何に限らず、いつでも二度ずつ食う。というのが、つまり反芻《はんすう》するのである。

私の姿を見ると、彼女は軽い小刻みな足どりで、割れた木靴を引っかけ、脚の皮膚を白靴下のようにきゅっと穿《は》いて、早速駆け寄って来る。私が何か食い物を持って来たものと思い込んでやって来るのである。で、その度ごとに、私は彼女の姿に見とれながら、こう言うよりほかには言うべき言葉を知らない

――「さあ、お上がり！」

しかし、彼女が腹に詰め込むのは、脂肪にはならないで、みんな乳になる。一定の時刻に、彼女の乳房はいっぱいになり、真四角になる。彼女はちっとも乳を出し惜しみしない――牛によっては出し惜しみをするやつがある――ゴムのような四つの乳首から、ちょっと押えただけで、気前よくありったけの乳を出してしまう。足も動かさなければ、尻尾《しっぽ》も振らない。その代り、その大きな柔らかな舌で、楽しそうに雇い女の背中を舐《な》めている。

独り暮しであるにも拘《かか》わらず、盛んな食欲のお蔭《かげ》で、退屈するどころではない。最近に産み落した犢《こうし》のことをぼんやり想《おも》い出して、わが子恋しさに啼《な》くというようなことさえ稀《まれ》である。ただ、彼女は人の訪問を喜ぶ。額の上ににゅっと角を持ち上げ、脣《くちびる》には一筋の涎《よだれ》と一本の草を垂らして舌なめずりをしながら、愛想よく迎えるのである。

男たちは、怖いものなしだから、そのはち切れそうな腹を撫《な》でる。女どもは、こんな大きな獣があんまりおとなしいので驚きながら、もう用心するのも、じゃれつかないように用心するだけで、思い思いに幸福の夢を描くのである。

彼女は、私に角の間を掻《か》いてもらうのが好きである。私は少し後すさりをする。彼女が嬉《うれ》しそうに寄って来るからである。大きな図体《ずうたい》で、おとなしく、いつまでも黙ってそうさせているので、とうとう私は彼女の糞《ふん》を踏んづけてしまう。

ブリュネットの死

La Mort de Brunette

フィリップは私を起しに来て、夜なかに起きてじっと耳を澄ましてみたが、彼女は静かな息づかいをしていたと言う。

しかし、今朝からまた、その様子が心配になって来た。

よく乾いた干草をやってみたが、見向きもしない。

そこで今度は取りたての青草を少しやってみると、ブリュネットはふだんはとても好物のくせに、ほとんどそれに口をつけない。彼女はもう犢《こうし》の面倒もみない。そして、犢が乳を飲もうとして、ぎごちない脚で起《た》ち上がると、その鼻《はな》面《づら》で押され、そのたんびにひょろひょろする。

フィリップは二匹を別々にして、犢を母親から遠いところに繋《つな》ぐ。ブリュネットはそれにも気がつかない風だ。

フィリップの心配そうな様子は、私たちみんなに乗り移る。子供たちまで起き出そうとする。

獣医がやって来て、ブリュネットを診察し、牛小屋から出してみる。彼女は壁に突き当り、出口の敷居に躓《つまず》く。今にも倒れそうだ。そこで、また小屋へ入れておくことにする。

「だいぶ悪いようですな」と、獣医は言う。

私たちは、なんの病気か訊《き》いてみる勇気もない。

獣医はどうも産褥熱《さんじょくねつ》らしいと言う。よく命にかかわることもある病気で、それも特にいい乳牛に多い。で、もう駄目だと思われていた牝牛を自分が助けてやった思い出話を一つ一つ話して聞かせながら、彼は壜《びん》のなかの液体をブリュネットの腰のあたりに筆で一面に塗りつける。

「こいつはちょっと発泡膏《はつぽうこう》みたいな働きをするんです」と彼は言う。「正確な調合は知りません。パリから来るもんです。これで脳の方さえやられなければ、もうひとりでに癒《なお》りますよ。万一、駄目なようでしたら、ひとつ冷水療法をやってみましょう。そんなことをすると、なんにも知らない百姓はびっくりしますがね。つまり、あなただから申上げるわけです」

「やってみて下さい」

ブリュネットは、じっと藁《わら》の上に寝たまま、それでもまだ頭の重みだけは支えている。もう口は動かさなくなった。じっと息をこらして、自分のからだの奥で何かが起っている様子に聴き入っているように見える。

毛布でからだを包んでやる。角と耳がだんだん冷えて来るからである。

「いよいよ耳が垂れちまうまでは、まだ望みがあるから」とフィリップは言う。

二度まで、彼女は起ち上がりかけたが、駄目だった。息遣いが荒くなり、それもだんだん間遠になって来る。

そのうちに、とうとう左の脇腹《わきばら》へがっくりと首を落してしまう。

「まずいことになって来た」とフィリップは言って、しゃがみ込んだまま、そっとひとりごとのように優しく話しかける。

首はもう一度あがりかけて、またぐったり秣桶《まぐさおけ》の縁に倒れかかる。それがあんまりがっくりと行ったので、そのぶっつかった鈍い音に、私たちは思わず「あ!」と声を立てる。

私たちは、ブリュネットがぺしゃっとなってしまわないように、そのまわりに藁を積み上げる。

彼女は頸《くび》と脚を伸ばし、ちょうど牧場で暴風雨《あらし》の日にやるように、長々と寝そべっている。

獣医はとうとう血を取ることに決める。彼はあんまりそばへは寄らない。腕の方はもう一人の医者と変りはないが、しかしちっと思い切りが悪いという噂《うわさ》だ。

最初、木槌《きづち》で叩《たた》くと、刃針《ランセット》が血管の上を滑ってしまう。そこでもう一度もっとしっかり手元を決めて叩くと、錫《すず》の手桶のなかにどくどくと血が流れ出す。その桶には、ふだんなら乳がいっぱいなみなみと溜《たま》るのである。

血を止めるために、獣医は血管のなかへ鋼鉄の針を通す。

それから、だいぶ楽になったらしいブリュネットのからだに、額からずっと尻尾《しっぽ》の先まで、井戸水でしめした湿布を当て、それをしょっちゅう取換えてやる。すぐ暖まってしまうからである。彼女は震えもしない。フィリップはしっかり角をつかまえて、頭が左の脇腹にぶっつからないようにしている。

ブリュネットは、すっかり任せきったように、もう身動きもしない。気分がよくなったのか、それともますます容態が悪くなったのか、一向わからない。

私たちは悲しい気持になっている。しかし、フィリップの悲しみは、仲間の一匹の苦しむ様子をそばで見ている動物のそれのように沈鬱《ちんうつ》である。

彼の女房が朝のスープを持って来る。彼は腰掛に腰を下ろしたまま、まずそうにそれを食い、おまけにすっかりは食わない。

「いよいよ、おしまいだ」と彼は言う。「からだが膨れて来たよ！」

私たちは、初め、半信半疑である。しかし、フィリップの言ったのは本当だった。彼女のからだは眼に見えて膨れて来、それがちっとも元へ戻らない。なかへはいった空気がそのまま抜けなくなってしまったようだ。

フィリップの女房は訊く――

「死んだの？」

「見ないでいい、お前なんか！」と、フィリップは邪慳《じゃけん》な調子で言う。

フィリップのお内儀《かみ》さんは庭へ出て行く。

「そうすぐにゃ捜しに行けないぜ、代りのやつは」と、フィリップは言う。

「何の代りだ？」

「ブリュネットの代りでさ」

「行く時には俺がそう言う」と、私は自分でもびっくりするほど主人声で言う。

私たちは、この出来事が悲しいというよりも、むしろ腹立たしいのだという風に思おうと努める。そして既に、ブリュネットは死んだと口に出して言っている。

しかし、夕方、私は教会の鐘撞《かねつ》き男に道で会ったが、彼にこう言いかけて、どういうわけで思いとどまったのかわからない――

「さあ、百スーやるぜ。ひとつ弔いの鐘を撞いてくれ。俺のうちで死んだものがあるんだから」

牛

Le Bœuf

今朝もいつものように戸があくと、カストオルは別に躓《つまず》くようなこともなく、牛小屋を出て行く。まず、水槽の底に溜《たま》った水を、ごくごくとゆっくり自分のぶんだけ飲み、あとから来るポリュックスのぶんは残しておく。それから、夕立のあとの樹《き》のように鼻の先から雫《しずく》を垂らしながら、ちゃんとそのつもりで、おとなしくのそのそと、いつもの場所へやって行って、車の軛《くびき》の下へからだを突っ込む。

角を繋《つな》がれたまま、頭はじっと動かさずに、彼は腹に皺《しわ》を寄せ、尻尾《しっぽ》でもの憂《う》げに黒蠅《くろばえ》を追いながら、女中が箒《ほうき》を手に持ったまま居眠りをしているように、ポリュックスが来るまで一人でもぐもぐ口を動かしている。

ところが、庭の方では、下男たちがあわただしく怒鳴ったり、喚《わめ》いたり、罵《ののし》ったり、犬は犬で、見慣れない人間でも来たように、盛んに吠《ほ》えたてている。

今日は初めて刺針《さしばり》のいうことを聴かず、左右に逃げ回り、カストオルの脇腹《わきばら》にぶっつかり、腹を立て、そして車に繋がれてからも、まだ一生懸命自分たちの共同の軛を揺すぶろうとしている、これがあのおとなしいポリュックスなのだろうか？

違う。確かに別ものだ。

カストオルは、いつもの相棒と勝手が違うので、顎《あご》を動かすのをやめる。するとその時、自分の眼のそばに、まるで見覚えのない牛の濁った眼が見える。

夕陽を浴びて、牛の群れは、牧場のなかをのろのろと、彼らの影の軽い耘鍬《すきぐわ》を牽《ひ》いて行く。

水の虻《あぶ》

Les Mouches d'eau

牧場の真ん中にはたった一本の槲《かしわ》の樹《き》があるきりだ。で、牛どもはその葉蔭《はかげ》をすっかり占領している。

じっと首をたれ、彼らは太陽の方に角を突き出す。

これで、虻さえいなければ、いい気持だ。

ところが、今日は実際のところ、虻が食うこと、食うこと。貪婪《どんらん》に、無数に群がりながら、黒いやつは煤《すす》の板のように塊《かたま》って、眼や鼻の孔《あな》や脣《くちびる》のまわりにへばりつき、青いやつは、特に好んで新しい擦り傷のあるところへ吸いつく。

一匹の牛が皮の前掛を振うか、あるいは乾いた地面を蹄《ひづめ》で蹴《け》るかすると、虻の雲が唸《うな》り声を立てて移動する。ひとりでに湧《わ》いて出るようだ。

おそろしく蒸し暑い。で、婆《ばあ》さん連中は、戸口の所で、暴風雨《あらし》の気配を嗅《か》ぎ、こわごわ冗談を言う。——

「そら、ゴロゴロさんに気を付けな」と、彼女らは言う。

向うの方で、光の槍《やり》の最初の一閃《せん》が、音もなく空を劈《つんざ》く。雨が一滴落ちる。牛もそれに気がつき、頭を持ち上げる。榭の木のはずれまでからだを運び、辛抱強く息をはいている。

彼らはちゃんと知っている。いよいよ、善い虻がやって来て、悪い虻を追い払ってくれるのだ。

最初は間をおいて、一つ一つ、やがて隙間《すきま》なく、全部ひと塊りになって、ちぎれちぎれの空から、一方が雪崩《なだ》れ落ちると、敵は次第にたじろぎ、まばらになり、散り散りに消え失《う》せる。

やがて、そのあぐら鼻の先から、一生摺《す》り切れない尻尾《しっぽ》の先に至るまで、牛どもは勝ち誇った水の虻の軍勢の下で、全身滝となって、心地よげにからだをくねらせ始めるのである。

牡《お》牛《うし》

Le Taureau

釣師は足どりも軽く、イヨンヌ河の岸を歩きながら、糸の先の銀蠅《ぎんばえ》を水面にぴょいぴょい躍らせている。

その銀蠅は、ポプラの並木の幹に止ってるやつをつかまえる。ポプラの幹は、しょっちゅう家畜どもにからだをこすりつけられて、てらてら光っている。

彼は素っ気なく釣糸を投げこみ、それをまた悠々と引き上げる。

新しく場所を変えるたびに、そこが一番いい場所のような気がする。が、しばらくすると、またそこを離れて、生垣に渡してある梯子《はしご》を跨《また》ぎ、牧場から牧場へ移って行く。

突然、ちょうど太陽がじりじり照りつけている大きな牧場を横切って行く途中で、彼は立ち止る。

向うの方で、牝牛《めうし》どもがのんびりと寝そべっているなかから、牡牛がのっそ

牡　牛

り起《た》ち上がったのである。

こいつは有名な牡牛で、その堂々たる体格には道を通る人々が眼を見張るくらいだ。人々は遠くからそっと感心して眺め入る。そして、これまでのところはまだそんなことはなかったにしても、彼がその気になれば、牛飼いなどは角の弓にかけて、矢でも飛ばすように空中に抛《ほう》り上げるかも知れない。なんでもない時は、それこそ仔羊《こひつじ》よりもおとなしいが、何かのはずみで、いきなり猛烈に暴れ出す。で、そばにいると、いつどんな目に会うかもわからない。

釣師は、横眼で彼の様子を観察する。

「逃げ出してみたところで、牧場の外へ出ないうちに、きっとあの牡牛のやつに追いつかれちまうだろう」と、彼は考える。「そうかと言って、泳ぎも知らないで川へ飛び込めば、溺《おぼ》れるに決ってる。地べたに転がって死んだ真似《まね》をしていると、牡牛はこっちのからだを嗅《か》ぎ回すだけで、なんにもしないという話だ。ほんとにそうだろうか？　万一やつがいつまでたってもそばを離れなかったら、それこそ気が気じゃあるまい。それよりは、そっと知らん顔をしてやり過した方がいい」

そこで、釣師は、相変らず釣りを続けながら、牡牛などどこにいるかというような様子をしている。そうやって、うまく相手の眼をくらますつもりである。襟首は麦藁帽《むぎわらぼう》の蔭《かげ》で、じりじり灼《や》けつくようだ。

彼は、駆け出したくてうずうずしている足を無理に引き止めて、わざとゆっくり草を踏みつけて行く。彼は英雄気どりで、糸の先の銀蠅を水のなかに浸す。隠れるにしても、ほんの時々ポプラの蔭に隠れるだけだ。彼は重々しく生垣に渡してある梯子の所へ辿《たど》りつく。ここまで来れば、くたくたになった手足に最後の努力をこめて、無事に牧場の外へ飛び降りられるわけだ。

それに、何も慌《あわ》てることはない。

牡牛はこんな男に用はない。ちゃんと牝牛たちのそばにいるのである。

彼が起ち上がったのは、気《け》だるさのあまり動いてみたまでで、言わば我々が伸びをするようなものである。

彼はその縮れ毛の頭を夕風に振向ける。

眼を半分つぶったまま、時々思い出したように啼《な》く。

一声もの憂《う》げに吼《ほ》えては、その声にじっと耳を澄ます。

女どもは、彼の額にある捲毛《まきげ》で、それが牡牛だということを見分ける。

馬

Le Cheval

決して立派ではない、私の馬は、むやみに節くれ立って、眼の上がいやに落ち窪《くぼ》み、胸は平べったく、鼠《ねずみ》みたいな尻尾《しっぽ》とイギリス女のような糸切歯を持っている。しかし、こいつは、私をしんみりさせる。いつまでも私の用を勤めながら、一向逆らいもせず、黙って勝手に引回されているということが、考えれば考えるほど不思議でしようがないのである。

彼を車につける度ごとに、私は、彼が今にも唐突な身振りで「いやだ」と言って、車を外してしまいはせぬかと思う。

どうして、どうして。彼は矯正帽でもかぶるように、その大きな頭を上げ下げして、素直にあとすさりをしながら、轅《ながえ》の間にはいる。

だから、私も彼には燕麦《えんばく》でも玉蜀黍《とうもろこし》でもちっとも惜しまず、たらふく食わせてやる。からだにはうんとブラシをかけ、毛の色に桜んぼのような光沢《つや》が出るくらいにしてやる。鬣《たてがみ》も梳《す》くし、細い尻尾も編む。手で、また声で、機嫌をとる。眼を海綿で洗い、蹄《ひづめ》に蠟《ろう》を引く。

いったい、こんなことが彼には嬉《うれ》しいだろうか。

わからない。

彼は屁《へ》をひる。

特に、彼が私を車に載せて引いて行ってくれる時に、私はつくづく彼に感心する。私が鞭《むち》で殴りつけると、彼は足を早める。私が止れと言うと、ちゃんと私の車を止めてくれる。私が手綱を左に引くと、おとなしく左へ曲る。わざと右へ曲るようなこともせず、私をどこか蹴《け》とばして溝へ叩《たた》き込むようなこともしない。

彼を見ていると、私は心配になり、恥ずかしくなり、そして可哀《かわい》そうになる。

彼はやがてその半睡状態から覚めるのではあるまいか？　そして、容赦なく私の地位を奪い取り、私を彼の地位に追い落すのではあるまいか？

彼は何を考えているのだろう。

彼は屁をひる。続けざまに屁をひる。

驢《ろ》馬《ば》　L'Âne

何があろうと、彼は平気だ。毎朝、彼は小役人のようにせかせかした、ごつい、小刻みな足どりで、配達夫のジャッコを車に載せて行き、ジャッコは、町で頼まれて来たことづけや、香料とか、パンとか、肉屋の肉とか、二、三の新聞、一通の手紙などを村々の家へ届けて回る。

この巡回が終ると、ジャッコと驢馬は今度は自分たちのために働く。馬車が荷車の代りになる。彼らは一緒に葡萄《ぶどう》畑や、林や、馬鈴薯《ばれいしょ》畑に出掛けて行く。そしてある時は野菜を、ある時はまだ緑《あお》い箒草《ほうきぐさ》をという風に、あれや、これや、日によっていろんなものを積んで帰る。

ジャッコはひっきりなしに、なんの意味もなく、まるで鼾《いびき》でもかくように、「ほい！　ほい！」と言っている。時々、驢馬はふっと薊《あざみ》の葉を嗅《か》いでみたり、急に何か気紛れを起したりすると、もう歩かなくなる。するとジャッコは彼の頸《くび》を抱きながら、前へ押し出そうとする。それでも驢馬がいうことをきかないと、ジャッコは彼の耳に嚙《か》みつく。

彼らは堀のなかで食事をする。主人は食い残しのパンと玉葱《たまねぎ》を食い、驢馬は勝手に好きなものを食う。

彼らが帰る時は、もう夜になっている。彼らの影が、樹《き》から樹へ、のろのろと通り過ぎて行く。

突然、ものみながその底に沈み、そして既に眠っていたあたりの静寂の湖が、けたたましく崩れ落ちる。

いったいどこの女房が、こんな時刻に、錆《さ》びついた井戸車を軋《きし》ませながら一生懸命井戸の水を汲《く》み上げているのだろう？

それは、驢馬が帰って来ながら、ありったけの声を振絞って、なに平気だ、なに平気だと、声が嗄《か》れるほど啼《な》き続けているのである。

驢馬

大人《おとな》になった兎《うさぎ》。

豚

Le Cochon

ぶうぶう言いながら、しかも、我々みんなでお前の世話をしたかのように、人に馴《な》れきって、お前はどこへでも鼻を突っ込み、脚と一緒にその鼻で歩いてる。

お前は蕪《かぶら》の葉のような耳の陰に、黒すぐりの小さな眼を隠している。

お前はまるすぐりのように便々たる腹をしている。

お前はまたまるすぐりのように長い毛を生やし、またまるすぐりのように透き通った肌をし、先の巻いた短い尻尾《しっぽ》を付けている。

ところで、意地の悪い連中は、お前のことを「穢《きた》ならしい豚!」と言うのだ。

彼らは言う——なに一つお前っ方ではこれが嫌いと言うものがないのに、みんなには嫌われ、その上、お前は水を飲んでも、脂肪《あぶら》ぎった皿の水ばかり飲みたがる、と。

だが、それは全くの誹謗《ひぼう》だ。

そんなことを言う奴《やつ》は、ひとつお前の顔を洗ってみるがいい。お前は血色のいい顔になる。

お前が不精ったらしいのは、彼らの罪である。

床の延べようで寝方も違う。不潔はお前の第二の天性に過ぎない。

豚と真珠

草原に放すが否《いな》や、豚は食い始める。その鼻はもう決して地べたを離れない。

彼は柔らかい草を選ぶわけではない。一番近くにあるのにぶつかって行く。鋤《すき》の刃のように、または盲の土竜《もぐら》のように、行き当りばったりに、その不撓《ふとう》不屈の鼻を前へ押し出す。

それでなくても漬物樽《つけものだる》のような形をした腹を、もっと丸くすることより考えていない。天気がどうであろうと、そんなことは一向お構いなしである。

さっき、肌の生毛《うぶげ》が、正午の陽ざしに燃えようとしたことも平気なら、今また、霰《あられ》を含んだあの重い雲が、草原の上に拡《ひろ》がりかぶさろうとしていても、そんなことには頓着《とんちゃく》しない。

そう言えば、鵲《かささぎ》は、弾機《ばね》仕掛けのような飛び方をして逃げて行く。七面鳥は生垣のなかに隠れ、初々《ういうい》しい仔馬《こうま》は槲《かしわ》の木蔭《こかげ》に身を寄せる。

しかし、豚は食いかけたもののある所を動かない。

彼は、一口も残すまいとする。

落着かなくなって尻尾《しっぽ》を振るでもない。

雹《ひょう》がからだにばらばらと当ると、ようやく、それも不承不承唸《うな》る――

「うるせえやつだな、また真珠をぶっつけやがる!」

羊

Les Moutons

彼らはれんげ畑から帰って来る。今朝から、そこで、からだの影に鼻をくっつけて草を食っていたのである。

不精な羊飼いの合図で、お決りの犬が、羊の群れをそっちと思う方から追い立てる。

その群れは、道をいっぱいに占領し、溝から溝へ波を打ち、溢《あふ》れ出る。或《あ》る時はまた、密集して一体となり、ぶよつき、老婆《ろうば》のような小刻みな足どりで、地べたを踏みならす。それが駆け出し始めると、その無数の脚が蘆《あし》の葉のような音を立て、道の上の埃《ほこり》は蜂《はち》の巣をつついたように舞い上がる。

こっちの方では、縮れ毛の、たっぷり毛のついた羊が、丸い荷物の包みを空中に投げ上げたように跳び上がる。すると、その漏斗《ろうと》型の耳から煉香《ねりこう》が転げ落ちる。

向うでは、別のやつが眩暈《めまい》を起して、坐《すわ》りの悪い頭に膝《ひざ》をぶっつける。彼らは村に侵入する。あたかも、今日が彼らのお祭りという風である。で、騒ぎ犇《ひし》めいて、街なかを嬉《うれ》しそうに啼《な》き回っているようだ。

しかし、彼らは村で止ってしまうのではない。見ていると、遥《はる》か向うに、また彼らの姿が現われる。彼らは遠く地平線に辿《たど》りつく。丘を攀《よ》じながら、軽やかに、太陽の方へ昇って行く。彼らは太陽に近づき、少し離れて寝る。

遅れた連中は、空に、思いがけない最後の姿を描き、それから、糸毬《いとだま》のように丸く寄り合った群れのなかに一緒になってしまう。

一房の羊毛がまた群れを離れたと思うと、白い泡となって空を翔《かけ》りながら、やがて煙となり、蒸気となり、ついになんにも無くなってしまう。

もう脚が一本外に出ているだけだ。

その脚は長く伸び、紡錘《つむ》のように次第に細くなりながら、どこまでも続いている。

寒がりの羊どもは、太陽のまわりに眠る。太陽は大儀そうに冠を脱ぐと、明日まで、その後光を彼らの毛綿の中に突き刺しておくのである。

羊たち——「し《メ》かし《ェ》……し《メ》かし《ェ》……し《メ》かし《ェ》」

牧犬——「し《メ》かし《ェ》も糞《くそ》もねえ！」

山《や》羊《ぎ》 Le Bouc

その臭《にお》いが、彼より先ににおって来る。彼の姿はまだ見えないのに、臭いはとっくに来ている。

彼は一団の先頭に立って進み、そのあとから牝山羊《めやぎ》の群れが、ごちゃごちゃひと塊りになって、雲のような埃《ほこり》の中をついて来る。

彼の毛は長く、ぱさぱさしていて、それを背中の所できちんと分けている。

彼は自分の頤鬚《あごひげ》よりも、むしろその堂々たる体格の方を自慢にしている。というのが、牝山羊も頤の下にちゃんと鬚を生やしているからである。

彼が通ると、或《あ》る連中は鼻をつまむ。或る連中は却《かえ》ってその風情《ふぜい》を愛する。

彼は右も左も見ない。尖《とが》った耳と短い尻尾《しっぽ》で、まっしぐらに進んで行く。人間どもが彼に罪をなすりつけたところで、それは彼の知ったことではない。彼はしかつめらしい顔をして、数珠《じゅず》つなぎの糞《ふん》を落して行くのである。

山　　羊

アレクサンドルというのが彼の名前であり、その名は犬の仲間にまで響き渡っている。

一日が終って、太陽が隠れてしまうと、彼は刈り入れの男たちと一緒に村へ帰って来る。そして彼の角は、寄る年波に撓《たわ》みながら、次第に鎌《かま》のように反りかえって来る。

兎《うさぎ》

Les Lapin

半分に切った酒樽《さかだる》の中で、ルノワアルとルグリは、毛皮で温かく足をくるんだまま、牝牛《めうし》のように食う。彼らはたった一度食事をするだけだが、その食事が一日じゅう続くのである。

新しい草をついやらずにいると、彼らは古いやつを根元まで齧《かじ》り、それから根さえも噛《か》みちぎる。

ところが、ちょうどいま、一株のサラダ菜が彼らの眼の前へ落ちて来た。ルノワアルとルグリは、一緒に、早速食い始める。

鼻と鼻を突き合せ、一生懸命食いながら、頭を振りふり、耳に駆け足をさせる。

とうとう葉が一枚だけになってしまうと、彼らはめいめいその一方の端を銜《くわ》えて、競争で食い始める。

彼らは、笑ってこそいないが、どうやらふざけ合っているように見え、葉っぱをすっかり食ってしまうと、兄弟の愛撫《あいぶ》で脣《くちびる》をよせ合うように見えるかもしれない。

しかし、ルグリは急に気分が悪くなって来る。昨日からむやみに腹が張って、胃袋がへんにだぶついている。で、全くのところ、食い過ぎていた。サラダ菜の一枚ぐらいは、別に腹が減ってなくても食えるものだが、彼はもうなんとしても食えない。彼はその葉を放すと、いきなり自分の糞《ふん》の上に寝転がって、小刻みに痙攣《けいれん》しだす。

忽ち《たちま》彼のからだは硬《こわ》ばり、脚を左右に拡《ひろ》げ、ちょうど、銃砲店の広告絵みたいになる。――「生かさぬ一発、狂わぬ一発」

いっとき、ルノワアルはびっくりして、口を休める。燭台《しょくだい》のような形に坐《すわ》り、柔らかく息をしながら、しっかり脣《くち》を閉じ、眼の縁を薔薇色《ばらいろ》にして、彼はじっと眼を据える。

彼の様子は、ちょうど魔法使が神秘の世界へ足を踏み込むようだ。

まっすぐに立った二つの耳が臨終を告げ知らす。

やがて、その耳が垂れる。

と、彼はそのサラダの葉をゆっくり平らげる。

鼠《ねずみ》　La Souris

ランプの光で、書きものの今日のページを綴《つづ》っていると、微《かす》かな物音が聞えてくる。書く手を休めると、物音もやむ。紙をごそごそやり始めると、また聞えて来る。

鼠が一匹、眼を覚ましているのである。

女中が布巾《ふきん》やブラシを入れて置く暗い穴の縁を、行ったり来たりしているのがわかる。

やがて床《ゆか》へ飛び降り、台所の敷石の上を駆け回る。それから竈《かまど》のそばへ移り、流しの下へ移り、皿の中へ紛れ込む。で、次々に、だんだん遠くへ偵察を進めながら、次第に私の方へ近づいて来る。

私がペンを置くと、その度にその静けさが彼を不安にする。私がペンを動かし始めると、多分どこかにもう一匹鼠がいるのだろうと思って、彼は安心する。

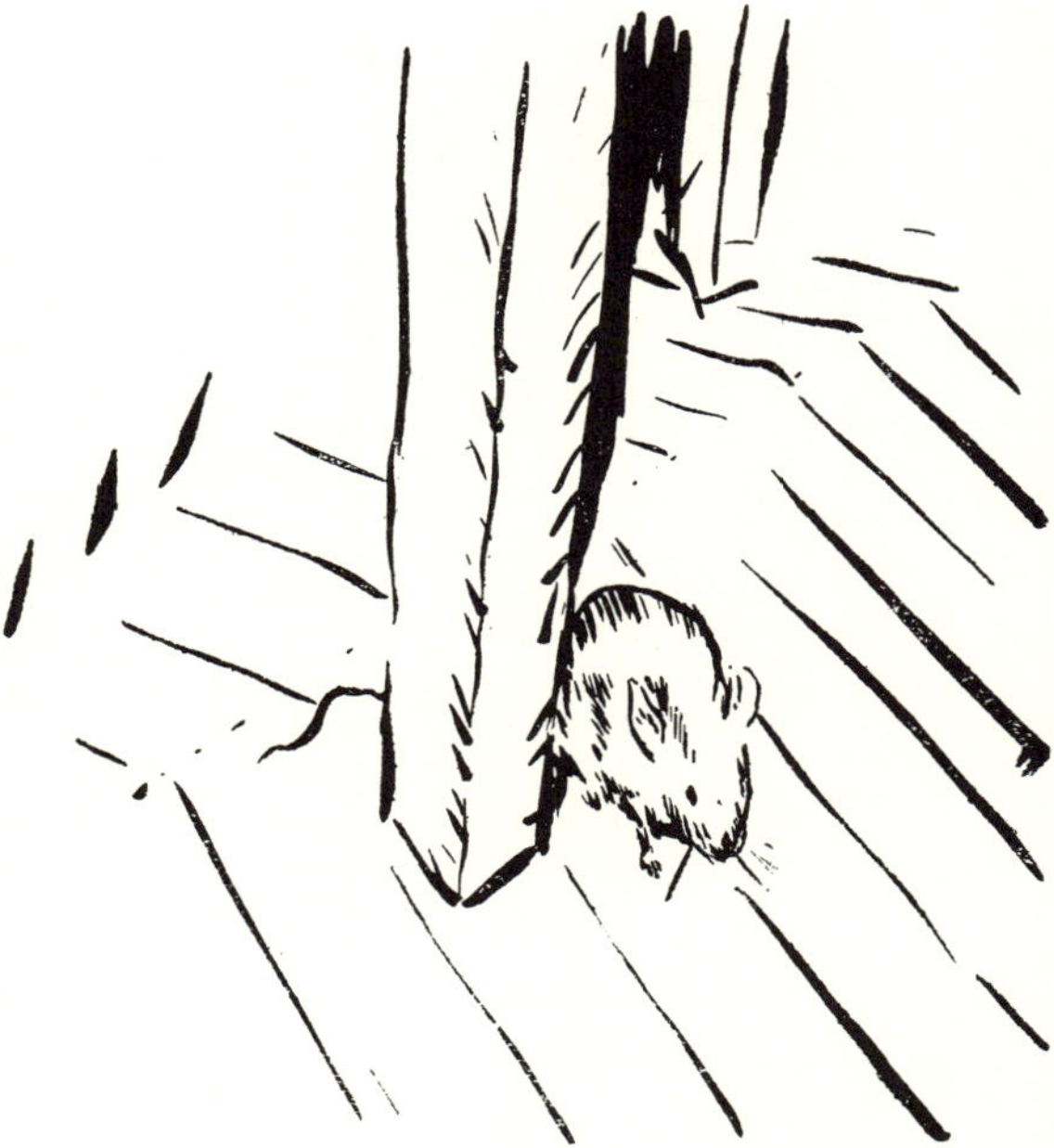

やがて、彼の姿は見えなくなる。テーブルの下にはいって、私の足の間にいるのである。彼は椅子《いす》の脚から脚へ駆け回る。私の木靴をすれすれに掠《かす》め、その木のところをちょっと齧《かじ》ってみ、あるいは大胆不敵にも、とうとうその上に登る。

そうなると、私は足を動かすこともできなければ、あんまり大きな息もできない。それこそ、彼は逃げてしまうだろう。

しかし、私は書くのをやめるわけにいかぬ。で、彼に見棄《す》てられて、いつもの独りぼっちの退屈に落ち込むのが怖さに、私は句読点をつけてみたり、ほんのちょっと線を引いてみたり、少しずつ、ちびちびと、ちょうど彼がものを齧るのとおんなじ調子で書いて行く。

鼬《いたち》

La Belette

貧乏な、しかし、さっぱりした品のいい鼬先生。ひょこひょこと、道の上を往《い》ったり来たり、溝から溝へ、また穴から穴へ、時間ぎめの出張教授。

蜥蜴《とかげ》　Le Lézard

私がもたれている石垣の割れ目からひとりでに生れて来た子供のように、彼は私の肩に匍《は》い上がって来る。私が石垣の続きだと思っているらしい。なるほど、私はじっとしている。それに、石と同じ色の外套《がいとう》を着ているからである。それにしても、ちょっと私は得意である。

◡━

塀——「なんだろう、背中がぞくぞくするのは……」

蜥蜴——「俺だい」

蚯《み》蚓《みず》 Le Ver

こいつはまた精いっぱい伸びをして、長々と寝そべっている——上出来の卵《たまご》饂《う》飩《どん》のように。

蛇

ながすぎる。

Le Serpent

やまかがし

La Couleuvre

いったい誰の腹から転がり出たのだ、この腹痛は？

蝸牛《かたつむり》

L'Escargot

1

風邪の季節には出嫌いで、例の麒麟《きりん》のような頸《くび》をひっこめたまま、蝸牛は、つまった鼻のようにぐつぐつ煮えている。

いい天気になると、精いっぱい歩き回る。それでも、舌で歩くだけのことだ。

2

私の小さな仲間のアベルは、よく蝸牛と遊んでいた。

彼はそいつを箱にいっぱい飼っていて、おまけにそれがみんなちゃんと見分けがつくように、殻のところに鉛筆で番号がつけてある。

あんまり乾いた日には、蝸牛は箱の中で眠っている。雨が降りそうになって来ると、アベルは早速彼らを外に出して整列させる。で、すぐに雨が降らなければ、上から水をいっぱいひっかけて眼を覚まさせる。すると、箱の底で巣籠《すごも》りをしている母親の蝸牛――と、そう彼は言うのだが、その蝸牛のほかは、みんなバルバアルという犬に護衛されて、ぞろぞろ歩き出す。バルバアルというのは鉛の板でできていて、それをアベルが指の先で押して行くのである。

そこで、私は彼と一緒に、蝸牛を仕込むのはなかなか骨が折れるということを頻《しき》りに話し合いながら、ふと気がつくと、彼は「うん」と返事をする時でも、「いいや」という身振りをしている。

「おい、アベル」と私は言った――「どうしてそんなに首を動かすんだい、右へやったり、左へやったり？」

「砂糖があるんだよ」

「なんだい、砂糖って？」

「そら、ここんとこさ」

で、彼が四つん這《ば》いになって、第八号が仲間にはぐれそうになっているのを引き戻している最中、その頸《くび》に、肌とシャツの間に角砂糖が一つ、ちょうどメダルのように、糸で吊《つる》してあるのが眼についた。

「ママがこんなものを結えつけたんだ」と彼は言う。「言うことをきかないと、いつでもこうするんだよ」

「気持が悪いだろう?」

「ごそごそすらあ」

「ひりひりもするだろう、え! 真っ赤になってるぜ」

「その代り、ママが勘弁してやるって言ったら、こいつが食えらあ」とアベルは言った。

蛙《かえる》

Les Grenouilles

ぱっと留め金が外れたように、彼女らはその弾機《ばね》をはずませる。

彼女らは、煮立ったフライ油のねっとりとした雫《しずく》のように、草のなかから跳ね上がる。

彼女らは、睡蓮《すいれん》の広い葉の上に、青銅の文鎮のようにかしこまっている。

一匹のやつは、喉《のど》をいっぱいに開けて空気を飲み込んでいる。その口から、腹の貯金箱の中へ、一銭入れてやれそうだ。

彼女らは、水底の泥のなかから、溜息《ためいき》のように上って来る。

じっとしていると、水面に覗《のぞ》いている大きな眼のようでもあり、どんより澱《よど》んだ沼の腫物《できもの》のようでもある。

茫然《ぼうぜん》として、石切り職人のように坐《すわ》りこんだまま、彼女らは夕日に向って欠伸《あくび》をする。

それから、うるさく喚《わめ》きたてる露天商人のように、その日の耳新しい出来事を声高に話す。

今晩、彼女らのところでは、お客をするらしい。君には聞えるか、彼女らがコップを洗ってる音が？

時おり、彼女らはぱっと虫を銜《くわ》える。

また或《あ》る連中は、ただ恋愛だけに没頭している。

どれもこれも、それらは、釣り好きの男を誘惑する。

私はその辺の枝を折って、なんなく釣竿《つりざお》をこしらえる。外套《がいとう》にピンが一本さしてある。それを曲げて釣針にする。

釣糸にも困りはしない。

しかし、それだけは揃《そろ》っても、まだ毛糸の屑《くず》か何か、なんでもいい、赤い物の切れっぱしを手に入れなければならぬ。

私は自分のからだを捜し、地面を捜し、空を捜す。

とうとうなんにも見つからず、私はつくづく自分の上着の釦孔《ボタンあな》を眺める。ちゃんと口をあいて、すっかり用意のできているその釦孔は、別に不平をいうわけではないが、そうすぐには例の赤リボン（注　レジョン・ドヌール勲章の略章）で飾ってもらえそうにもない。

蟇《がま》

Le Crapaud

石から生れた彼は、石の下に棲《す》み、そして石の下に墓穴を掘るだろう。

私はしばしばこの先生を訪ねる。で、その石を上げるたんびに、そこにもういなければいいがと思い、また、いてくれればいいがとも思う。

彼はそこにいる。

このよく乾いた、清潔な、狭苦しい自分だけの住居《すまい》に隠れ、彼は家《うち》いっぱいに場所を取り、吝嗇坊《けちんぼう》の巾着《きんちゃく》みたいに膨れている。

雨が降って匐《は》い出した時には、ちゃんと私を迎えにやって来る。二、三度、大儀そうにとんで、太股《ふともも》を地につけて止り、赤い眼を私に向ける。

世間のわからず屋が、彼を癩病《らいびょう》やみのように扱うなら、私は平気で先生のそばへしゃがみ、その顔へ、この人間の顔を近寄せてやる。

それから、いくらかの気味悪さを押し隠して、お前を手でさすってやるよ、蟇君！

人間は、この世の中で、もっと胸糞《むなくそ》の悪くなるようなものを、いくらも呑《の》み込んでいるんだ。

それはそうと、昨日、私はすっかりしくじってしまった。というのは、先方のからだを見ると、疣《いぼ》がみんな潰《つぶ》れて、醱酵《はっこう》したようにぬらぬらしていた。そこで、私は——

「なあ、おい、蟇君……。こんなことを言って、君に悲しい思いをさせたかないんだが、しかし、どう見ても、君は不細工だね」

こう言うと、彼は、例のあどけない、しかも歯の抜けた口をあけ、熱い息を吐きながら、心もち英語式のアクセントで——

「じゃ、君はどうだい？」

と、やり返した。

蜘《く》蛛《も》　L'Araignée

髪の毛をつかんで硬直している、真っ黒な毛むくじゃらの小さい手。

一

一晩じゅう、月の名によって、彼女は封印を貼《は》りつけている。

毛虫　La Chenille

彼女は、暑い間かくまってもらっていた草の茂みから這《は》い出して来る。まず、大きな起伏の続いている砂道を横切って行く。用心して、途中で止らないようにしながら、植木屋の木靴の足跡のなかでは、いっとき道に迷ったのではないかと心配する。

苺《いちご》の所まで辿《たど》りつくと、ちょっとひと休みして、鼻を左右に突き出しながら嗅《か》いでみる。それからまた動きだすと、葉の下を潜《くぐ》ったり、葉の上へ出たり、今度はもうちゃんと行先を心得ている。

全く見事な毛虫である。でっぷりとして、毛深くて、立派な毛皮にくるまって、栗色《くりいろ》のからだには金色の斑点《はんてん》があり、その眼は黒々としている。

嗅覚《きゅうかく》を頼りに、彼女は濃い眉毛《まゆげ》のように、ぴくぴく動いたり、ぎゅっと縮んだりする。

彼女は一本の薔薇《ばら》の木の下で止る。

例の細かいホックの先で、その幹のごつごつした肌をさわってみ、生れたばかりの仔犬《こいぬ》のような小さな頭を振りたてながら、やがて決心して攀《よ》じ登り始める。

で、今度は、彼女の様子は、道の長さをぐぎりくぎり喉《のど》へ押し込むようにして、苦しげに嚥《の》み込んでいくとでも言おうか。

薔薇の木のてっぺんには、無垢《むく》の乙女の色をした薔薇の花が咲いている。その花が惜し気もなく撒《ま》き散らす芳香に、彼女は酔ってしまう。花は決して人を警戒しない。どんな毛虫でも、来さえすれば黙ってその茎を登らせる。贈物のようにそれを受ける。そして、今夜は寒そうだと思いながら、機嫌よく毛皮の襟巻を頸《くび》に巻きつけるのである。

蝶《ちょう》

二つ折りの恋文が、花の番地を捜している。

Le Papillon

小《こ》蜂《ばち》　La Guêpe

いくらなんでも、それでは自慢の腰つきが台なしになる。

蜻蛉《とんぼ》

La Demoiselle

彼女は眼病の養生をしている。

川べりを、あっちの岸へ行ったり、こっちの岸へ来たり、そして腫《は》れ上がった眼を水で冷やしてばかりいる。

じいじい音を立てて、まるで電気仕掛けで飛んでいるようだ。

蟋《こお》蟀《ろぎ》　Le Grillon

この時刻になると、歩きくたびれて、黒んぼの虫は散歩から帰って来、自分の屋敷の取散らかされている所を念入りに片付ける。

彼はまず狭い砂の道を綺麗《きれい》にならす。

鋸屑《おがくず》をこしらえて、それを隠れ家《が》の入口のところに撒《ま》く。

どうも邪魔になるそこの大きな草の根を鑢《やすり》で削る。

ひと息つく。

それから、例のちっぽけな懐中時計を出して、ねじを巻く。

すっかり片付いたのか、それとも時計が毀《こわ》れたのか、彼はまたしばらくじっと休んでいる。

彼は家の中へ入って戸を閉める。

永い間、手のこんだ錠前へ鍵《かぎ》を突っこんでみる。

それから、耳を澄ます——

外には、なんの気配もない。

しかし、彼はまだ安心できないらしい。

で、滑車の軋《きし》む鎖で、地の底へ降りる。

あとはなんにも聞えない。

静まり返った野原には、ポプラの並木が指のように空に聳《そび》えて、じっと月の方を指さしている。

ばった

La Sauterelle

こいつは虫の世界の憲兵というところか？

一日じゅう跳び回っては、影なき密猟者の捜索に躍起になっているが、それがどうしてもつかまらない。

どんなに高く伸びた草も、彼の行手を遮ることはできない。

彼は何ものも恐れない。彼には七里ひと跳びの長靴があり、牡牛《おうし》のような頸《くび》、天才的な額、船の竜骨のような腹があり、セルロイドの翅《はね》と悪鬼のような角があり、そして後ろには大きな軍刀を吊《つる》している。

憲兵として立派な働きをするような人間には、必ずまたいろんな悪癖があるものだが、打明けたところ、ばったは噛《か》み煙草《たばこ》をやるのである。

嘘《うそ》だと思うなら、指で追いかけてみたまえ。彼を相手に鬼ごっこをやり、そして跳ねる隙《すき》を狙《ねら》って、うまく苜蓿《うまごやし》の葉の上でつかまえたら、その口をよく見てみたまえ。恐ろしい格好をした吻《くち》の先から、煙草の嚙み汁のような黒い泡を滲《にじ》ませる。

しかし、そう言っている間に、もう彼をつかまえていられなくなる。彼はまた死にもの狂いになって跳ね出そうとする。緑色の怪物は、急に激しく身をもがいて君の手をすり抜け、脆《もろ》い、取外し自在のからだが、可憐《かれん》な腿《もも》を一本、君の手の中に残して行く。

蛍《ほたる》　Le Ver Luisant

いったい、何事があるんだろう？　もう夜の九時、それにあそこの家《うち》では、まだ明りがついている。

蟻《あり》

Les Fourmis

1

一匹一匹が、3という数字に似ている。
それも、いること、いること!
どれくらいかというと、333333333333……ああ、きりがない。

2 蟻と鷓鴣《しゃこ》の子

一匹の蟻が、雨上がりの轍《わだち》のなかに落ち込んで、溺《おぼ》れかけていた。その時、ちょうど水を飲んでいた一羽の鷓鴣の子が、それを嘴《くちばし》で挟んで、命を助けてやった。

「この御恩はきっと返します」と、蟻が言った。

「僕たちはもうラ・フォンテエヌの時代に住んでるんじゃないからね」と、懐疑主義者の鶺鴒の子が言う。「勿論《もちろん》、君が恩知らずだって言うんじゃないよ。だけど、僕を撃ち殺そうとしてる猟師の踵《かかと》に、いったいどうして食いつくつもりだい。今時の猟師は、跣足《はだし》じゃ歩かないぜ」

蟻は、余計な議論はせず、そのまま急いで自分の仲間に追いついた。仲間は、一列に並べた黒い真珠のように、同じ道をぞろぞろ歩いていた。

ところが、猟師は遠くにいなかった。

彼は、ちょうど、一本の木の蔭《かげ》に、横向きになって寝ていた。すると、件《くだん》の鶺鴒の子が、蓮華《れんげ》畑を横切りながら、ちょこちょこ、餌《えさ》を拾っているのが眼についた。彼は立ち上がって、撃とうとした。ところが、右の腕が痺《しび》れて、「蟻が這《は》っているように」むずむずする。鉄砲を構えることができない。腕はまたぐったり垂れ、そして鶺鴒の子はその痺れがなおるまで待っていない。

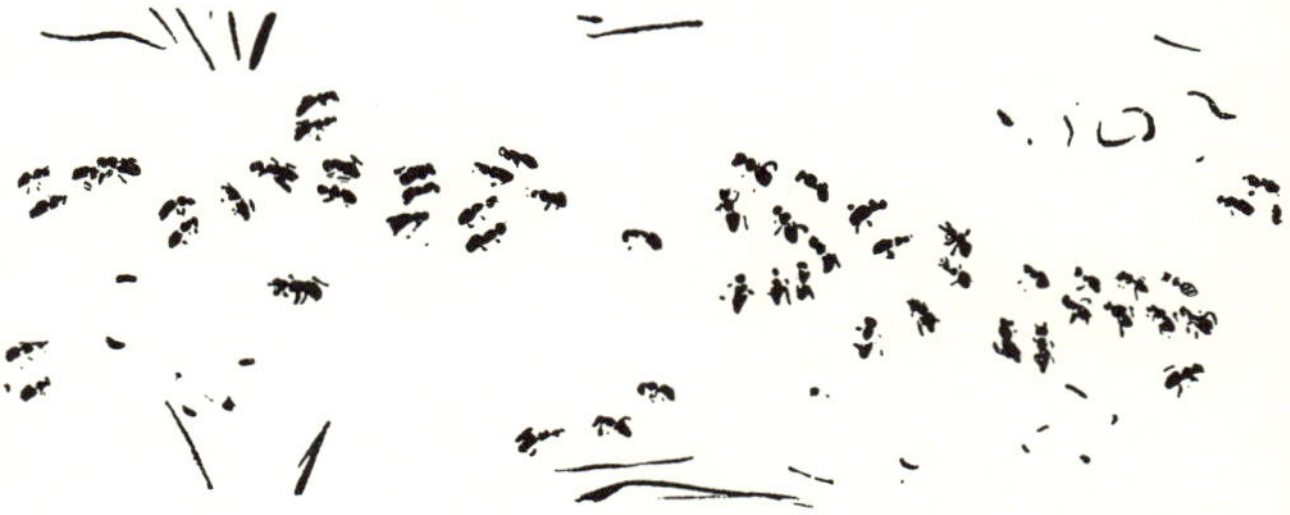

蚤《のみ》

La Puce

弾機《ばね》仕掛けの煙草《たばこ》の粉。

栗《り》鼠《す》 L'Écureuil

羽飾りだ！　羽飾りだ！　さよう、それに違いない。だがね、君、そいつはそんなとこへ着けるもんじゃないよ。

あぶら虫

Le Cafard

鍵穴《かぎあな》のように、黒く、ぺしゃんこだ。

猿

Singes…

猿を見に行ってやりたまえ。（しようのない腕白どもだ。ズボンの股《また》をすっかり破いてしまっている）。どこへでも攀《よ》じ登り、新鮮な日光の下で踊り、むかっ腹を立て、からだじゅうを掻《か》き、なんでも摘《つま》みあげ、そしていかにも原始的な風情《ふぜい》で水を飲む。その間、彼らの眼は、時々かき曇ることはあっても、それも永くは続かず、きらりと光ってはまたすぐ鈍く澱《よど》んでしまう。

紅鶴《フレミンゴ》を見に行ってやりたまえ。薔薇色《ばらいろ》の下着の裾《すそ》が泉水の水に濡《ぬ》れるのを心配して、ピンセットの上に乗って歩いている。白鳥と、その様子ぶった鉛の頸《くび》。駝鳥《だちよう》。雛鶏《ひよつこ》の翼《はね》、役目重大な駅長のような帽子。ひっきりなしに肩を聳《そび》やかしている鸛《こうづる》（しまいに、その科《しぐさ》はなんの意味もないことがわかる）。みすぼらしいモーニングを着た、寒がりのアフリカ鶴《づる》。袖《そで》なし外套《がいとう》を着込んだペンギン鳥。嘴《くちばし》を木刀のように構えているペリカン。それから、鸚鵡《おうむ》。その一番よく仕込まれたやつでも、現在彼らの番人には遠く及ばない。番人は、なんとかして、結局私たちの手から十スー銀貨を一枚まきあげてしまう。

重たげに有史以前の思想で目方のついている犛牛《ヤーク》を見に行ってやりたまえ。麒麟《きりん》は鉄柵《てつさく》の横木の上から、槍《やり》の先につけたような頭を覗《のぞ》かせている。象は猫背を作り、鼻の先を低くたれて、戸口の前を舞踏靴を引きずりながら歩いている。彼のからだは、乗馬ズボンをあんまり上へ引張り上げたような袋の中におおかた隠れ、そして後ろの方には、ちょっぴり紐《ひも》の先が垂れている。

ペン軸を身につけた豪猪《やまあらし》もついでに見に行ってやりたまえ。そのペン軸は、彼にとっても、彼の女友達にとっても、甚だ邪魔っけなしろものだ。縞馬《しまうま》、これはほかのすべての縞馬の透し絵の標本だ。寝台の足もとにべったりと降りた豹《ひょう》。私たちを楽しませ、自分は一向楽しまない熊《くま》。自分でも欠伸《あくび》をし、人にも欠伸を催させるライオン。

鹿《しか》　Le Cerf

私がその小径《こみち》から林の中へ足を踏み入れた時、ちょうどその小径の向うの口から、彼がやって来た。

私は、最初、誰か見知らぬ人間が、頭の上に植木でも載っけてやって来るのかと思った。

やがて、枝が横に張って、ちっとも葉のついてない、いじけた小さな樹《き》が見えて来た。

とうとう、はっきり鹿の姿が現われ、そこで私たちはどちらも立ち止った。

私は彼に言った――

「こっちへ来たまえ。なにも怖がることはないんだ。鉄砲なんか持ってたって、こいつは体裁だけだ。いっぱし、腕に覚えのある人間の真似《まね》をしているだけさ。こんなものは使やしない。薬莢《やっきょう》は引出しの中へ入れたままだ」

鹿はじっと耳をかしげて、胡散《うさん》臭そうに私の言葉を聴いていた。私が口を噤《つぐ》むと、彼はもう躊躇《ちゅうちょ》しなかった。一陣の風に、樹々の梢《こずえ》が互いに交差してはまた離れるように、彼の脚は動いた。彼は逃げ去った。

「実に残念だよ！」と、私は彼に向って叫んだ。「僕はもう、二人で一緒に道を歩いて行くところを空想していたんだぜ。僕の方は、君の好きな草を、自分で手ずから君に食わせてやる。すると、君は、散歩でもするような足どりで、僕の鉄砲をその角の枝に掛けたまま運んで行ってくれるんだ」

かわ沙魚《はぜ》

Le Goujon

彼は速い水の流れを溯《さかのぼ》って、小石伝いの道をやって来る。というのが、彼は泥も水草も好きではない。

彼は、河底の砂の上に罎《びん》が一本転がっているのを見つける。中には水がいっぱい入っているだけだ。私はわざと餌《え》を入れておかなかったのである。かわ沙魚はそのまわりを回って、頻《しき》りに入口を捜していたと思うと、早速そいつにかかってしまう。

私は罎を引上げて、かわ沙魚を放してやる。

川を上ると、今度は物音が聞えて来る。彼は逃げ出すどころか、物好きにも、そのそばへ寄って行く。それは、私が面白半分に水の中を踏みまくりながら、網を張ったそばで、水底を竿《さお》で掻《か》き回しているのである。かわ沙魚は強情だ。網の目を突き抜けようとする。で、ひっかかる。

私は網をあげて、かわ沙魚を放してやる。

その下流《しも》の方で、急にぐいぐい私の釣糸を引張るやつがあり、二色に塗った浮子《うき》が水を切って走る。

引上げてみると、またしても彼である。

私は彼を釣針からはずして、放してやる。

今度こそ、もうひっかかりはすまい。

彼はすぐそこに、私の足元の澄んだ水の中でじっとしている。その横っ広い頭や、頓馬《とんま》な大きな眼や、二本の髯《ひげ》がよく見える。

彼は裂けた脣《くちびる》で欠伸《あくび》をし、今しがたの激しい興奮で、まだ息を弾ませている。

それでも、彼はいっこう性懲《こ》りがない。

私はさっきの蚯蚓《みみず》をつけたまま、また釣糸を下ろす。

すると、早速、かわ沙魚は食いつく。

いったい、私たちはどちらが先に根負けするのだろう。

さては、いよいよ、かからないな。おおかた、今日が漁の解禁日だということを御存じないと見える。

鯨

La Baleine

コルセットを作るだけの材料は、ちゃんと口の中に持っている。が、なにしろ、この胴まわりじゃ……！

庭のなか　Au Jardin

鍬《くわ》――サクサクサク……稼ぐに追いつく貧乏なし。

鶴嘴《つるはし》――同感！

■

花――今日は日が照るかしら。

向日葵《ひまわり》――ええ、あたしさえその気になれば。

如露――そうは行くめえ。おいらの料簡《りようけん》ひとつで、雨が降るんだ。おまけに、蓮《はちす》果でも外してみろ。それこそ土砂降りさ。

■

薔薇《ばら》――まあ、なんてひどい風……！

添え木——わしが付いている。

■

木苺《きいちご》——なぜ薔薇には棘《とげ》があるんだろう。薔薇の花なんて、食べられやしないわ。

生簀《いけす》の鯉《こい》——うまいことを言うぞ。だから、俺も、人が食やがったら骨を立ててやるんだ。

薊《あざみ》——そうねえ、だけど、それじゃもう遅すぎるわ。

■

薔薇の花——あんた、あたしを綺麗《きれい》だと思って……?

黄蜂《くまばち》——下の方を見せなくっちゃ……。

薔薇の花——おはいりよ。

■

蜜蜂《みつばち》——さ、元気を出そう。みんな、あたしがよく働くって言ってくれるわ。

今月の末には、売場の取締になれるといいけれど……。

■

菫《すみれ》――おや、あたしたちはみんな橄欖《かんらん》章を貰《もら》ってるのね。

白い菫――だからさ、なおさら、控え目にしなくっちゃならないのよ、あんたたちは。

葱《ねぎ》――あたしをごらん。あたしが威張ったりして？

■

菠薐草《ほうれんそう》――酸模《すかんぽ》っていうのは、あたしのことよ。

酸模――うそよ、あたしが酸模よ。

■

分葱《わけぎ》――くせえなあ！

大蒜《にんにく》――きっと、また石竹《せきちく》のやつだ。

■

アスパラガス——あたしの小指に訊《き》けば、なんでもわかるわ。

■

馬《ば》鈴《れい》薯《しよ》——わしゃ、子供が生れたようだ。

■

林檎《りんご》の木（向い側の梨《なし》の木に）——お前さんの梨さ、その梨、その梨、……
お前さんのその梨だよ、あたしがこさえたいのは。

ひなげし

Les Coquelicots

彼らは麦の中で、小さな兵士の一隊のように、ぱっと目立っている。しかしもっとずっと綺麗《きれい》な赤い色をしていて、おまけに、物騒でない。

彼らの剣は穂である。

風が吹くと、彼らは飛んで行く。そして、めいめい、気が向けば、畝《うね》のへりで、同郷出身の女、矢車草とつい話が長くなる。

葡《ぶ》萄《どう》畑　La Vigne

どの株も、添え木を杖《つえ》に、武器携帯者。

いったい、何を待っているのだ。葡萄の実は、今年はまだなかなか生《な》るまい。そして葡萄の葉は、もう裸体にしか使われない。

鶸《ひわ》の巣

Le Nid de Chardonnerets

庭の桜の叉《また》になった枝の上に、鶸の巣があった。見るからに綺麗《きれい》な、まん丸によく出来た巣で、外側は一面に毛で固め、内側はまんべんなく生毛《うぶげ》で包んである。その中で、雛《ひな》が四羽、卵から孵《かえ》った。私は父にこう言った——

「あれを捕って来て、自分で育てたいんだけれどなあ」

父は、これまで度々、鳥を籠《かご》に入れて置くことは罪悪だと説いたことがある。が、今度は、多分同じことを繰返すのがうるさかったのだろう、別になんとも返事をしなかった。数日後、私は彼に言った——

「しようと思や、わけないよ。初め、巣を籠の中に入れて置くの。その籠を桜の木に括《くく》りつけて置くだろう。そうすると、親鳥が籠の目から餌《えさ》をやるよ。そのうちに親鳥の必要がなくなるから」

父は、この方法について、自分の考えを述べようとしなかった。

そういうわけで、私は籠の中に巣を入れて、それを桜の木に取りつけた。私の想像は外れなかった。年を取った鶸は、青虫を嘴《くちばし》に一杯くわえて来ては、悪びれる様子もなく、雛に食わせた。すると、父は、遠くの方から、私と同じように面白がって、彼らのはなやかな行き来、血のように赤い、また硫黄のように黄色い色の飛び交うさまを眺めていた。

ある日の夕方、私は言った――

「雛はもうかなりしっかりして来たよ。放しといたら飛んで行ってしまうぜ。親子揃《そろ》って過すのは今夜っきりだ。明日は、家の中へ持って来よう。僕の窓へつるしとくよ。世の中に、これ以上大事にされる鶸はきっとないから、お父さん、そう思っていておくれ」

父は、この言葉に逆らおうとしなかった。

翌日になって、私は籠が空になっているのを発見した。父もそこにいて、私のびっくりした様子をちゃんと見ていた。

「もの好きで言うんじゃないが」と、私は言った。「どこの馬鹿《ばか》野郎が、この籠の戸をあけたのか、そいつが知りたいもんだ」

鳥のいない鳥籠《とりかご》

La Cage sans oiseaux

フェリックスは、人が鳥を籠のなかなんかに閉じこめておく気持がわからないと言う。

「誰でも言うじゃないか、花を折り取るのは罪悪だって」と、彼は言う。「とにかく、僕などは、茎についたままでなきゃ、花を眺めたいとは思わないね。だから、それとおんなじさ。鳥ってやつは飛ぶように出来てるんだ」

そんなことを言いながら、彼は鳥籠を一つ買う。それを自分の窓に掛けておく。籠の中には、毛綿で作った巣と、草の実を入れた皿と、綺麗《きれい》な水をしょっちゅう取換えてあるコップとが置いてある。おまけに、ぶらんこや小さな鏡まで取りつけてある。

で、人が驚き顔で訊《たず》ねると――

「僕はこの鳥籠を見るたんびに、自分の寛大さを嬉《うれ》しく思うのさ」と、彼は言

う。「この籠には鳥を一羽入れたっていいわけだ。それをこうして空っぽにしとく。万一、僕がその気になったら、たとえば茶色の鶫《つぐみ》とか、ぴょいぴょい跳び回るおめかし屋の鷽《うそ》とか、そのほかフランス中にいろいろいる鳥のどれかが、奴隷《どれい》の境遇に落ち込んでしまうんだ。ところが、僕のお蔭《かげ》で、そのうちの少なくとも一羽だけは自由の身でいられるんだ。つまり、そういうことになるんだ」

カナリア

Le Serin

私はどういう気で、わざわざこんな鳥を買って来たのだろう?

小鳥屋は私に言った——「これは雄です。なに、一週間もすりゃ馴《な》れます。そうすりゃ鳴きだしますよ」

ところが、小鳥はいつまでも強情に黙りこんでいる。それに、やることが何から何まであべこべだ。

餌壺《えつぼ》に餌《えさ》を入れてやると、いきなり嘴《くちばし》の先でとびかかって、あたり一面に撒《ま》き散らしてしまう。

ビスケットを籠《かご》の横木の間に糸で結びつけてやる。すると、彼が食うのはその糸だけだ。彼はまるで金鎚《かなづち》のような勢いで、そのビスケットを押したり突っついたりする。で、ビスケットは落ちてしまう。

綺麗《きれい》な飲み水のなかでは水浴びをし、水浴びをする器で水を飲む。そして、その時の都合に任せて、その両方のどちらにでも糞《ふん》をたれる。

煉《ね》り餌をやると、自分たち同類の鳥が巣を作る、至極あつらえ向きの捏土《こねつち》だと思いこんで、ただ本能的にその上に蹲《うずくま》る。

彼はまだサラダ菜の効能を知らない。で、面白がって引裂くだけだ。

彼が、ほんとにその気で、餌をつついて呑《の》み込もうとする時は、全く気の毒になる。彼はそれを嘴の中であっちこっち転がし回り、押しつけてみたり、潰《つぶ》してみたり、まるで歯抜け爺《じい》さんみたいに、頻《しき》りに首をひねっている。

棒砂糖の切れっぱしを入れてあるのに、どうしようともしない。こりゃなんだ。石がとび出したのか？　それとも、露台か、テーブルか、どっちみち、実用には遠い。

彼はそれよりも木片《きぎれ》の方が好きだ。木片は二本あって、上下に交り合っている。彼がぴょんぴょん跳んでいるのを見ると、私は胸が悪くなる。その様子は、さながら、時間もなにも分らない振子時計の機械的な無駄骨折りにひとしいものである。何が面白くあんな跳び方をし、なんの欲求に駆られて跳ね回るのだろう？

その陰鬱《いんうつ》な体操が済んで休む時でも、片脚で一方の止り木をしっかり握り締めて止りながら、もう一つの脚で、機械的に、その同じ止り木を捜している。

冬になって、ストーブを焚《た》き始めると、彼は早速もう春の脱毛の時期が来たのだと思って、羽を毟《むし》りだす。

私のランプの輝きは、彼の夜を搔《か》き乱し、その睡眠の時刻を混乱させる。彼は日の暮れ方に眠りにつく。私は、彼のまわりに闇《やみ》が次第に濃くなって行くのを、じっとそのままにしておく。おそらく、彼は夢でも見ているのだろう。突然、私はランプを籠に近づける。彼はぱっと眼をあける。なんだ、もう夜が明けたのか！　で、早速、彼はまた動き回り始め、跳ねたり、葉っぱを突っつき回したりしながら、尻尾《しっぽ》を扇型に拡げ、翼《はね》を伸ばす。

ところが、私はランプを吹き消してしまう。で、残念ながら、彼のうろたえた顔つきは見えない。

やがて、私は、しょっちゅうあべこべなことばかりやって暮してるこの啞《おし》の鳥に、すっかり愛想を尽かしてしまって、窓から外へ放してやる……。が、彼は籠の中の自由以外にもはや自由の使い方を知らないのである。今に、誰かが手でつかまえてしまうだろう。

そいつを私の所へ届けてくれるのはやめたほうがいい。

私は、なんにもお礼なんか出さないばかりではない。私はそんな鳥は一向識《し》らぬと言いきってやる。

燕《つばめ》　Hirondelles

彼女らは私に課業を授けてくれる。

まず、その小刻みな啼《な》き声で、空中に点線を描く。

一本の直線を引き、その最後にコンマを打ったと思うと、そこで急に行を変える。

途方もなく大きな括弧を描いて、私の住んでいる家をその中に入れてしまう。庭の泉水もその飛ぶ姿を写しとることができないほど、素早く、それこそ穴倉から屋根裏へまっすぐに飛び上がって行く。

翼の羽根ペンも軽やかに、彼女らはぐるぐると誰にも真似《まね》のできない花押《かきはん》を書きなぐる。

それから、今度は二羽ずつ抱き合ったまま、みんな一緒に集まり、ごちゃごちゃに塊《かたま》って、空の青地の上へ、べったりインクの汚点《しみ》をつける。

しかし、ただ一人の友達の眼だけが、彼女らの姿を残りなく捉《とら》えることができる。そして、諸君がギリシャ語やラテン語を知っているというのなら、私のほうは、煙突の燕どもが空に書くヘブライ語を読み分けることができる。

かわら鶸《ひわ》——「燕ってやつは馬鹿《ばか》だなあ。煙突を樹《き》だと思ってやがる」

蝙蝠《こうもり》——「いくら人がなんと言ったって、あいつとあたしじゃ、あいつのほうが飛ぶのはまずいよ。昼の日なか、しょっちゅう道を間違えてるんだもの。あたしみたいに、夜にでも飛んでごらん。ひっきりなしに死ぬような目に会うから」

蝙《こう》 蝠《もり》

Chauves-Souris

毎日使っているうちに夜もだんだん摺《す》り切れて来る。

上の方の、星を鏤《ちりば》めたあたりは摺り切れない。ちょうど、裾《すそ》を引く着物と同じように、砂利や木立の隙間《すきま》から、不健康なトンネルや、じめじめした穴倉の奥まで摺り切れる。

どんなところでも、夜の帷《とばり》の裾のはいり込まないところはない。そして茨《いばら》に引掛っては破れ、寒さに会っては裂け、泥によごれては傷《いた》む。で、毎朝、夜の帷が引き上げられる度に、襤褸《ぼろ》っきれがちぎれ落ちて、あっちこっちに引掛る。

こうして、蝙蝠は生れて来る。

で、こういう素姓があるために、彼女らは昼の光には耐えられないのである。

太陽が沈んで、私たちが涼みに出る時分になると、彼女らは、昏睡《こんすい》状態のまま一方の爪《つめ》の先でぶら下がっていた古い梁《はり》から剝《は》がれ落ちて来る。

彼女らのぎごちない飛び方は私たちをひやひやさせる。鯨の骨のはいった毛のない翼で、私たちの周囲を跳ね踊る。彼女らは、役にも立たない傷ついた眼よりも、むしろ耳を頼りに飛ぶのである。

私の女友達は顔を隠す。私は私で、不潔なものにぶっつかられるのを恐れて、頭を外《そ》らす。

人々の言うところによれば、彼女らは、我々人間の恋にも勝る熱情をもって私たちの血を吸い、ついに死に至らしめるという。

とんでもない話である！

彼女らはちっとも悪いことはしない。私たちのからだには決してさわらないのである。

夜の娘である彼女らは、ただ光を嫌うだけである。そして、そのちっぽけな葬式用の襟巻でそばを掠《かす》めて飛びながら、蠟燭《ろうそく》の灯を捜し出してはそれを吹き消すのである。

鶺《せき》 鴒《れい》 La Bergeronnette

よく飛びもするが、よく走ることも走る。いつもわれわれの脚の間で、馴《な》れ馴れしくするかと思うと、なかなかつかまらない。小さな叫び声を立てながら、自分の尻尾《しっぽ》を踏めるなら踏んでみろと言わんばかりである。

鵲《かささぎ》 La Pie

彼女の羽には、いつでも去年の雪が幾らか消え残っている。

彼女は両脚を揃《そろ》えて地べたの上を跳び回り、それから、例の一直線な機械的な飛び方で、一本の樹《き》を目がけて飛んで行く。

時々はその樹に止り損ね、隣の樹のところまで行って、やっとそこで止る。

俗っぽく、てんで見向きもされないために不死の鳥とも見え、朝から燕尾服《えんびふく》を着込んで夕方までしゃべり回り、例の「尻尾《しっぽ》つき」を着て全く我慢のならないこの鳥、これこそこのフランスの最もフランス的な鳥である。

鵲——「カカカカカ……」

蛙《かえる》——「何を言ってやがるんだ、あの女《あま》は」

鵲——「歌をうたってるのよ」

蛙——「ゲエッ！」

土竜《もぐら》——「静かにしろ、やい、上のやつ。仕事をしているのが聞えやしねえ」

くろ鶫《つぐみ》！　Merle !

私の庭に、ほとんど枯れかけた古い胡桃《くるみ》の樹《き》があるが、小鳥どもは気味悪がって寄りつかない。たった一羽、黒い鳥がその最後の葉の中に住んでいる。

しかし、庭のそのほかの部分は、花の咲いた若い樹がいっぱいに植わってて、陽気な、いきいきした、色とりどりの小鳥どもが巣を掛けている。

そして、これらの若い樹はその老いぼれの胡桃の樹を馬鹿《ばか》にしているらしい。ひっきりなしに、彼に向って、まるで悪態をつくように、おしゃべりの小鳥の群れを投げつける。

雀《すずめ》、岩燕《いわつばめ》、山雀《やまがら》、かわら鶸《ひわ》などが、入り交り、立ち交り、彼を悩ます。彼らはその翼で彼の枝の先をこづく。あたりの空気は、彼らのきれぎれの鳴き声で沸き返る。やがて、彼らは退散する。すると、また別の小うるさい一団が、若樹のなかから飛び立って来る。

彼らは、精の続く限り、挑みかけ、鳴き立て、金切声をあげ、喉《のど》を嗄《か》らす。そんな風にして、明けがたから日暮れ時まで、まるで悪態をつくように、かわら鶸、山雀、岩燕、雀などが、その老いぼれの胡桃の樹を目がけて、若樹のなかから飛び出して行く。

しかし、時々は胡桃の樹も堪忍袋《かんにんぶくろ》の緒をきらし、その最後の葉を揺すぶり、我が家の黒い鳥を放し、そしてこう言い返す――

「くそつぐみ！」

樫鳥《かけす》――「のべつ黒装束で、見苦しいやつだ、くろ鶫って！」

くろ鶫――「群長閣下、わたしはこれしか着るものがないのです」

雲雀《ひばり》　L'Alouette

私はかつて雲雀というものを見たことがない。夜明けと同時に起きてみても無駄である。雲雀は地上の鳥ではないのだ。

今朝から、私は土くれや枯草を頻《しき》りに踏み回っている。

灰色の雀《すずめ》や、ペンキの色のなまなましい鶸《ひわ》が群れをなして、茨《いばら》の生垣の上で波打っている。

樫鳥《かけす》は公式の服装で木から木へ閲兵して回る。

一羽の鶉《うずら》が、苜蓿《うまごやし》畑をすれすれに掠《かす》めながら、墨縄を張ったような直線を描いて飛んで行く。

女よりも上手に編物をやっている羊飼いの後ろには、羊どもがぞろぞろ従い、どれもこれも似通っている。

そして、何一ついい前触れをもってこない鴉《からす》さえほほえましいほど、すべて

が新鮮な光の中に浸る。

まあ、私とおんなじようにして、じっと耳を澄ましてみるがいい。

そら、聞えはせぬか——どこかはるかに高く、金の杯のなかで水晶のかけらを搗《つ》き砕いているのが……。

雲雀がどこで囀《さえず》っているのか、それを誰が知ろう？

空を見つめていると、太陽が眼を焦《こ》がす。

雲雀の姿を見ることはあきらめなければならない。

雲雀は天上に棲《す》んでいる。そして、天上の鳥のうち、この鳥だけが、我々のところまで届く声で歌うのである。

こま鶯《うぐいす》

Le Loriot

私は彼に言う——

「さあ、返せ、その桜んぼを、いますぐに」

「返すよ」と、こま鶯は答える。

彼は桜んぼを返す。が、その桜んぼと一緒に、彼が一年間に嚥《の》み込む害虫の三万の幼虫も返してよこす。

かわせみ

Le Martin-Pêcheur

今日の夕方は、魚が一向かからなかった。が、その代り、私は近来稀《まれ》な興奮を獲物にして帰って来た。

私がじっと釣竿《つりざお》を出していると、一羽の翡翠《かわせみ》が来てその上に止った。

これくらい派手な鳥はない。

それは、大きな青い花が長い茎の先に咲いているようだった。竿は重みでしなった。私は、翡翠に樹《き》と間違えられた、それが大いに得意で、息を殺した。

怖がって飛んで行ったのでないことは請合いである。一本の枝から別の枝に飛び移るつもりでいたに違いない。

鴉《からす》

Le Corbeau

「な《コ》んだ《ア》？　な《コ》んだ《ア》？　な《コ》んだ《ア》？」

「なんでもない」

隼《はやぶさ》　L'Épervier

彼はまず村の上で何度も円を描く。

さっきまでは、ほんの蠅《はえ》一匹、煤《すす》一粒の大きさだった。

その姿が次第に大きくなるにつれて、描く円が狭まって来る。

時々、彼はじっと動かなくなる。庭の鳥どもは不安そうな様子を見せ始める。鳩《はと》は小屋へはいる。一羽の雌鶏《めんどり》はけたたましく鳴きながら、雛鶏《ひよこ》たちを呼び集める。用心堅固な鵞鳥《がちょう》どもが、裏庭から裏庭へがあがあ鳴き立てている声が聞える。

隼は躊《ため》らうように、じっと同じ高さのところを飛んでいる。恐らく、彼は鐘楼の雄鶏《おんどり》を狙《ねら》っているだけなのかも知れない。

ちょうど、一本の糸で空に吊《つ》り下げられているようだ。

突然、その糸が切れ、隼はさっと落ちて来る。獲物が決ったのである。下界

は、まさに惨劇の一瞬だ。

が、一同が驚いたことには、彼はまるで重さでも足りなかったように、まだ地面へ着かないうちにぱったり止り、そこでひと羽搏《はばた》きして、また空へ上って行く。

彼は、私が家の戸口でそっと彼の様子をうかがいながら、からだの後ろに、なんだかぴかぴか光る長いものを隠しているのを見たのである。

鷓《しゃ》鴣《こ》

Les Perdrix

鷓鴣と農夫とは、一方は鋤車《すきぐるま》の後ろに、一方は近所の苜蓿《うまごやし》の中に、お互いに邪魔にならないくらいの距離を隔てて、平和に暮している。鷓鴣は農夫の声を識《し》っている。怒鳴ったり喚《わめ》いたりしても怖がらない。

鋤車が軋《きし》っても、牛が咳《せき》をしても、または驢馬《ろば》が啼《な》き出しても、それは別になんでもないのである。

で、この平和は、私が行ってそれを乱すまで続くのである。

ところが、私がやって来る。すると、鷓鴣は飛んでしまう。農夫も落着かぬ様子である。牛も驢馬もその通りである。私は鉄砲を撃つ。すると、この狼藉《ろうぜき》者《もの》の放った爆音によって、あたりの自然は悉《ことごと》く調子を乱してしまう。

これらの鷓鴣を、私はまず切株の間から追い立てる。次に苜蓿のなかから追い立てる。それから、草原のなか、それから生垣に沿って追い立てる。次いでなお、林の出っ張りから追い立てる。それからあそこ、それからここ……。

それで、突然、私は汗をびっしょりかいて立ち止る。そして怒鳴る――

「ああ、畜生、可愛《かわい》げのないやつだ。人をさんざん走らせやがる！」

遠くから、草原の真ん中の一本の木の根に、何か見える。

私は生垣に近づいて、その上から覗《のぞ》いてみる。

どうしてもその樹《き》の蔭《かげ》に鳥の頸《くび》が一つ突き出ているように思われる。そう思うと、もう心臓の鼓動が激しくなる。この草の中に、鶉鴣がいなくて何がいよう。親鳥が、私の跫音《あしおと》を聞きつけて、早速いつもの合図をしたに違いない。そして子供たちを腹這《はらば》いに寝させて、自分もからだを低くしているのだ。頭だけがまっすぐに立っている。それは見張りをしているのだ。が、私は躊躇《ちゅうちょ》する。なぜなら、その首が動かないのである。間違えて、木の根を撃っても馬鹿馬鹿《ばか》しい。

ところどころ、樹のまわりには、黄色い斑点《はんてん》が、鶉鴣のようでもあり、また土くれのようでもあり、私の眼はすっかり迷ってしまう。

うっかり追い立てて、ほんとに鶺鴒が飛び出したら、樹の枝が邪魔になって追い撃ちはできない。それよりも、そのまま地上にいるのを撃つ、つまり玄人《くろうと》の猟師のいわゆる「人殺し」をやったほうがいい。

ところが、その鶺鴒の首らしいものが、いつまでたっても動かない。永い間、私は隙《すき》を覗《うかが》っている。

果してそれが鶺鴒であるとすれば、その動かないこと、警戒の周密なことは、全く驚くべきものである。それに、ほかのが、また、よくいうことをきいて、この護衛者に恥じない見事な警戒ぶりである。どれ一つ動かない。

私は、そこで駆引きをしてみるのである。私は、からだぐるみ、生垣の後ろに隠れて、しばらくその方を見ないでいる。というのは、こっちで見ているうちは、向うでも見ているわけだからである。

これでもう、どっちも姿が見えなくなった。死の沈黙が続く。

やがて、私は顔を上げて見た。

今度こそは確かである。鶺鴒は私がいなくなったと思ったに違いない。首が以前より高くなっている。そして、それを急に引っこめた動作が、もう疑いの余地を与えない。

私は、おもむろに銃尾を肩に当てる……。

夕方、からだは疲れている。腹はふくれている。すると、私は、多くの獲物のあった快い眠りにつく前に、その日一日追い回した鶺鴒のことを考える。そして、彼らがどんなにして今夜を過すだろうかということを想像してみる。

彼らは気違いのようになって騒いでいるに違いない。

どうしてみんな揃《そろ》わないのだろう、いつも集まる時刻に？

どうして、苦しがっているものがあるのだろう？——それから、傷口を嘴《くちばし》で押えながら、どうしてもじっと立っていられないものが？

どうして、また、あんなに、みんなを怖がらせるようなことをやり始めたんだろう？

やっと、休み場所に落着いたと思うと、すぐもう見張りのものが警報を伝える。また飛んで行かなければならない。草なり株なりを離れなければならない。

彼らは逃げてばかりいるのである。聞き慣れた音にさえ驚くのである。

彼らはもう遊んではいられない。食うものも食っていられない。眠っていられない。

彼らは、何がなんだかわからない。

傷ついた鷓鴣の羽が落ちて来て、ひとりでに、この誇らかな猟師の帽子に刺さったとしても、私はそれがあんまりだとは思わない。

雨が降り過ぎたり、旱天《ひでり》が続き過ぎたりして、犬の鼻が利《き》かなくなり、私の銃先《つつさき》が狂うようになり、鷓鴣のそばへも寄りつけなくなると、私はもう正当防衛の権利でも与えられたような気になる。

鳥の中でも、鵲《かささぎ》とか、樫鳥《かけす》とか、くろ鶫《つぐみ》とか、鶫とか、腕に覚えのある猟師なら相手にしない鳥がある。私は腕に覚えがある。

私は、鷓鴣以外に好敵手を見出《みいだ》さない。

彼らは実に小ざかしい。

その小ざかしさは、遠くから逃げることである。しかし、それを逃がさないで、とっちめるのである。

それはまた、そっと猟師をやり過すことである。が、その後ろから、あんまり早く飛び出して、猟師が後ろを振返るのである。

それは、深い苜蓿の中に隠れることである。しかし、猟師はまっすぐにそこへ行くのである。

それは、飛ぶ時に、急に方向を変えることである。しかし、そのために間隔が詰るのである。

それは、飛ぶ代りに走るのである。人間より早く走るのである。しかし、犬がいるのである。

それは、追われて離れ離れになると、互いに呼び合うのである。しかし、それが猟師を呼ぶことにもなるのである。猟師にとって、彼らの歌を聞くほど気持のいいものはない。


その若い一組は、もう親鳥から離れて、新しい生活を始めていた。私は、夕方、畑のそばで、それを見つけたのである。彼らは、ぴったり寄り添って、それこそ翼《はね》を組んでという格好で舞い上がった。で、一方を殺した弾丸《たま》は、そのままもう一方を突き落したのである。

一方は何も見なかった。何も感じなかった。しかし、もう一方は、自分の連れ合いが死ぬのを見、そのそばで自分も死んで行くのを感じるだけの暇があった。

この二羽の鷓鴣は、いずれも地上の同じ場所に、幾らかの愛と、幾らかの血と、そして何枚かの羽とを残したのである。

猟師よ、お前は一発で、見事に二羽を仕止めた。早く帰って、うちの者にその鷓鴣の話を聞かせてやれ。

あの年を取った去年の鳥、せっかく育てた雛《ひな》を殺された親鳥、彼らも若いのに劣らず愛し合っていた。いつ見ても、彼らは一緒にいた。彼らは逃げることが上手だった。私は、強いてそのあとを追い駆けようとはしなかった。その一方を殺したのも、全く偶然であった。で、それから、私はもう一方を捜した——可哀《かわい》そうだから一緒に殺してやろうと思って！

或《あ》るものは、折れた片脚をだらりと下げて、まるで私が糸で括《くく》ってつかまえてでもいるような格好だ。

或るものは、最初ほかのもののあとについて行くが、とうとう翼《はね》が利かなくなる。地上に落ちる。ちょこちょこ走りをする。犬に追われながら、身軽に、半ば畝《うね》を離れて、走れるだけ走るのである。

或るものは、頭の中に鉛の弾丸《たま》を撃ち込まれる。ほかのものから離れる。狂おしく、空の方に舞い上がる。樹よりも高く、鐘楼の雄鶏《おんどり》よりも高く、太陽を目がけて舞い上がるのである。すると、猟師は気が気でない。しまいにそれを見失ってしまう。が、その時、鳥は重い頭の重量をとうとう支えきれなくなる。翼を閉じる。遥《はる》か向うへ、嘴を地に向けて、矢のように落ちて来る。

或るものは、犬を仕込むとき鼻先へ投げてやる襤褸《ぼろ》っきれのように、ぎゅっとも言わず落ちる。

或るものは、弾丸《たま》が飛び出すと同時に、小舟のようにぐらつく。そして、ひっくり返る。

また或るものは、どうして死んだのかわからないほど、傷口が羽の中に深くひそんでいる。

或るものは、急いでポケットに押し込む——人にも自分にも見られまいとするように。

或るものはなかなか死なない。そういうのは絞め殺す必要がある。私の指の間で、空《くう》をつかむ。嘴を開く。細い舌がぴりぴりと動く。するとホメロスの言葉を借りれば、その眼の中に死の影が降りて来る。

向うで、百姓が、私の鉄砲の音を聞きつけて、頭を上げる。そして、私の方を見る。

つまり私たちの審判者なのだ、この働いている男は……。彼は私に話をするつもりなのだ。そして、厳かな声で、私を恥じ入らせるだろう。

ところが、そうでない。それは、時としては、私のように猟ができないのが癪《しゃく》で、業《ごう》を煮やしている百姓である。時としては、私のやることを面白がって見ているばかりでなく、鶺鴒がどっちへ行ったかを教えてくれるお人好しの百姓である。

決して、それが義憤に燃えた自然の代弁者であったためしはない。

私は、今朝、五時間も歩き回った揚句、空《から》の獲物嚢《ぶくろ》を提げ、頭をうなだれ、重い鉄砲を担《かつ》いで帰って来た。暴風雨《あらし》の来そうな暑さである。私の犬は、疲れ切って、小走りに私の前を歩きながら、ずっと生垣に沿って行く。そして、何度となく、木蔭に坐《すわ》って、私の追いつくのを待っている。

するると、ちょうど、私がすがすがしい苜蓿の中を通っていると、突然、彼はぱっと立ち止った。というよりは、腹這いになった。それが実に一生懸命な止り方で、植物のように動かない。ただ、尻尾《しっぽ》の先だけが震えている。てっきり、彼の鼻先に、鶺鴒が何羽かいるのだ。すぐそこに、互いにからだをすりつけて、風と陽とをよけているのだ。彼らの方ではちゃんと犬の姿が見えている。私の姿も見えている。多分、私の顔に見覚えがあるかも知れない。で、すっかり怯《おび》えきって、飛び立とうともしないのだ。

ぐったりしていた気持が急に引き緊《しま》って、私は身構える。そしてじっと待つ。

犬も私も、決してこっちから先には動かない。

と、遽《にわ》かに、前後して、鶺鴒は飛び出す。どこまでも寄り添って、ひとかたまりになっている。私はそのかたまりのなかへ、拳骨《げんこつ》で殴るように、弾丸《たま》を撃ち込む。そのうちの一羽が、見事に弾丸《たま》を食って、宙に舞う。犬が跳びつく。そして血だらけの襤褸みたいな、半分になった鶺鴒を持って来る。拳骨が、残りの半分をふっ飛ばしてしまったのである。

さあ、行こう。これでもう空手《からて》で帰らないでも済む。犬が雀躍《こおどり》する。私も得々としてからだをゆすぶる。

全く、この尻《しり》っぺたに、一発、弾丸《たま》を撃ち込んでやってもいい。

鴫《しぎ》

La Bécasse

四月の太陽は既に沈み、行き着く所に行き着いたように、じっと動かない雲の上に、薔薇《ばら》色の輝きが残っているばかりだった。

夜が地面から這《は》い上がって来て、次第に私たちを包んだ。林の中の狭い空地で、父は鴫の来るのを待っていたのである。

そばに立っている私も、やっと父の顔だけがはっきり見えていた。私より背の高い父には、私の姿さえ見えるか見えないくらいだった。犬も私たちの足元で、姿は見えず、ただ喘《あえ》ぐ息遣いだけが聞えていた。

鶫《つぐみ》は、林の中に帰ることを急いでいた。くろ鶫は、例の喉《のど》を押しつけたような叫び声を頻《しき》りにあげていた。その馬の嘶《いなな》きのような鳴き声は、すべての小鳥たちにとって、もう囀《さえず》るのをやめて寝ろと命令する声である。

鴫は、ほどなく、その枯葉の中の隠れ家を出て、舞い上がって来るだろう。

今晩のような穏やかな天気の日には、鴫は、平地へやって行く前に、途中でゆっくり道草を食う、林の上を回りながら、頻りに道連れを捜し求める。その微《かす》かな呼び声で、こっちへやって来るのか、遠くへ行ってしまうのかわかるのである。彼は大きな槲《かしわ》の樹《き》の間を縫って、重たげに飛んで行く。長い嘴《くちばし》が低く垂れ下がり、ちょうど、小さなステッキを突いて、空中を散歩しているように見える。

私が八方に眼を配りながら、じっと耳を澄ましていると、その時突然、父がぶっぱなした。しかし、いきなり跳び出して行った犬のあとを父は追わなかった。

「駄目だったの？」と、私は言った。

「撃ったんじゃないんだ」と、父は言った。「弾丸《たま》が出ちまったのさ、持っているうちに」

「ひとりでに？」

「うん」

「ふうん……。木の枝にでも引っかかったんだね、きっと？」

「さあ、どうだか」

父が空になった薬莢《やっきょう》をはずしているのが聞えた。

「いったい、どういう風に持ってたの？」

その意味がわからなかったのだろうか？

「つまりさ、銃先《つつさき》はどっちに向いてたの？」

父がもう返事をしないので、私もそれ以上言う勇気がなかった。が、とうとう私は言った——

「よく当らなかったもんだ……犬に」

「もう帰ろう」と、父は言った。

猟期終る

Fermeture de la Chasse

どんよりした、短い、まるで頭と尻尾《しっぽ》を齧《かじ》り取られたような、みじめな一日である。

昼ごろ、仏頂面《ぶっちょうづら》をした太陽が、霧の晴れ間から覗《のぞ》きかけて、蒼《あお》白い眼を薄目にあけたが、またすぐつぶってしまう。

私は当てもなく歩き回る。持っている鉄砲も、もう役にたたぬ。いつもは夢中になってはしゃぐ犬も、私のそばを離れない。

河の水は、あんまり透きとおっていて眼が痛いくらいだ。その中に指を突っ込んだら、きっと硝子《ガラス》のかけらのように切れるだろう。

切株畑のなかでは、私が一足踏み出すごとに、ものうげな雲雀《ひばり》が一羽飛び出す。彼らはみんな一緒になり、ぐるぐる飛び回る。が、その羽搏《はばた》きも、凍りついた空気をほとんど搔《か》き乱すか乱さないかである。

向うの方では、鴉《からす》の修道僧の群れが、秋蒔《ま》きの種子《たね》を嘴《くちばし》で掘り返している。牧場の真ん中で、鷓鴣《しゃこ》が三羽起ち上がる。綺麗《きれい》に刈られた牧場の草は、もう彼女らの姿を隠さない。

全く、彼女らも大きくなったものだ。こうして見ると、もう立派な貴婦人である。彼女らは、不安そうに、じっと耳を澄ましている。私はちゃんと彼女らの姿を見た。が、そのまま黙って、通り過ぎて行く。そしてどこかでは、恐らく、震え上がっていた一匹の兎《うさぎ》が、ほっと安心して、また巣の縁に鼻を出したことだろう。

この生垣（ところどころに、散り残った葉が一枚、足をとられた小鳥のように羽搏いている）に沿って行くと、一羽のくろ鶫《つぐみ》が、私の近づくたびに逃げ出しては、もっと先の方へ行って隠れ、やがてまた犬の鼻っ先から飛び出し、もうなんの危険もなく、私たちをからかっている。

次第に、霧が濃くなって来る。道に迷ったような気持だ。鉄砲も、こうして持っていると、もう爆発力のある杖《つえ》に過ぎない。いったいどこから聞えて来るのだ、あの微《かす》かな物音、あの羊の啼《な》き声、あの鐘の音、あの人の叫び声は？

どれ、帰る時刻だ。既に消え果てた道を辿《たど》って、私は村へ戻る。村の名はそ

の村だけが知っている。つつましい百姓たちが、そこに住んでいて、誰一人、彼らを訪れて来るものはない——この私よりほかには。

樹々《きぎ》の一家

Une famille d'arbres

太陽の烈《はげ》しく照りつける野原を横切ってしまうと、初めて彼らに会うことができる。

彼らは道のほとりには住まわない。物音がうるさいからである。彼らは未墾の野の中に、小鳥だけが知っている泉の縁《へり》を住処《すみか》としている。

遠くからは、はいり込む隙間《すきま》もないように見える。が、近づいて行くと、彼らの幹は間隔をゆるめる。彼らは用心深く私を迎え入れる。私はひと息つき、肌を冷やすことができる。しかし、私には、彼らがじっとこちらを眺めながら警戒しているらしい様子がわかる。

彼らは一家を成して生活している。一番年長のものを真ん中に、子供たち、やっと最初の葉が生えたばかりの子供たちは、ただなんとなくあたり一面に居並び、決して離れ合うことなく生活している。

彼らはゆっくり時間をかけて死んで行く。そして、死んでからも、塵《ちり》となって崩れ落ちるまでは、突っ立ったまま、みんなから見張りをされている。

彼らは、盲人のように、その長い枝でそっと触れ合って、みんなそこにいるのを確かめる。風が吹き荒《すさ》んで、彼らを根こぎにしようとすると、彼らは怒って身をくねらす。しかし、お互いの間では、口論ひとつ起らない。彼らは和合の声しか囁《ささや》かないのである。

私は、彼らこそ自分の本当の家族でなければならぬという気がする。もう一つの家族などは、すぐ忘れてしまえるだろう。この樹木たちも、次第に私を家族として遇してくれるようになるだろう。その資格が出来るように、私は、自分の知らなければならぬことを学んでいる——

私はもう、過ぎ行く雲を眺めることを知っている。

私はまた、ひとところにじっとしていることもできる。

そして、黙っていることも、まずまず心得ている。

あとがき

岸田国士

『博物誌』という題は“Histoires Naturelles”の訳であるが、これはもうこれで世間に通った訳語だと思うから、そのまま使うことにした。

フランスにおける原著の最初の出版は一八九六年で、四十五の項目しかなかった。一九〇四年にフラマリオン社から出たのが、まず当時の決定普及版と言ってよく、七十項目から成っている。この訳はそれに拠《よ》ったものである。ボナールの挿絵もこの版では原本から引き写すことにした。

さきに、若干部の限定版を作ったが、それには明石哲三君が特別に描いてくれた絵を数枚入れた。念のためにここに記しておく。

ルナールの死後、全集に収められている『博物誌』は、多少、この版と内容が違うけれども、わざわざそれに従う必要はないと思った。

なお、同じ著者の『葡萄《ぶどう》畑の葡萄作り』にも、この『博物誌』にある数項目が加えられているが、『葡萄畑……』は、もちろん『博物誌』よりも前に世に出たのである。

ルナールの作品としては、この『博物誌』が『にんじん』に次いで人口に膾炙《かいしゃ》している。それにはいろいろの理由がある。まず、その頃のフランス文壇及び読書界は、この作家の独特な才能を、かかる「影像《イマージュ》」のうちにだけしか見いだし得ず、ジャーナリズムはまた、彼にファンテジストのレッテルを貼《は》って、一回何行という短文をやたらに書かせた。

彼が自然を愛し、草木禽獣《きんじゅう》のいのちを鋭く捉《とら》えたことは事実であるが、その奇警な観察をこういう形式で纏《まと》めようという意図はもともと著者自身にはなかったかも知れないのである。

ところが、この類のない形式は、たまたま彼の存在を明確に色づけ、大衆の記憶に入り易《やす》くした。

同時に、「ちっちゃなものを書くルナール」の名声は、彼をますます「小さなもの」のなかに閉じこめたことは争うべからざる事実である。

しかし、彼の本領は必ずしも、文字でミニアチュールを描くことではない。『博物誌』のなかのあるものは、既にそれを証明している。ひろい正義愛、執拗《しつよう》な真実の探求、純粋な生活の讃美《さんび》、ことにきびしいストイシスム、高邁《こうまい》な孤独な魂の悲痛な表情がそこにある。なかには訳しては面白くもない言葉の洒落《しゃれ》や、若干、安易な思いつきもあるにはあるがしかし、全体から言って、やはり、「古典」のなかに加うべき名著だと思う。

西欧には、わが俳文学の伝統に類するものは皆無だと言っていいが、この『博物誌』をはじめ、ルナールの文学のなかには、いくぶんそれに近いものがありはせぬか、ということを、私はかつて『葡萄畑……』の序文のなかで指摘した。

ルナールの簡潔な表現、というよりもむしろ、その「簡潔な精神」が、脂肪でふとった西欧文学のうちにあって、彼を少なくとも閑寂な東洋的「趣味」のなかに生かしていると言えば言えるだろう。「蟋蟀《こおろぎ》」「樹々《きぎ》の一家」などその好適例である。

フランス近代の最も独創的な作曲家、モーリス・ラヴェルが、この『博物誌』のなかから数編を選んで、自らこれを作曲した。「孔雀《くじゃく》」「蟋蟀」「白鳥」「かわせみ」「小紋鳥」の五つである。ルナールは性来の音楽嫌いを標榜《ひょうぼう》しているが、皮肉にもその作品が世界中の美しい喉《のど》によって普《あまね》く歌われているのである。

序《ついで》ながら、フランスの小、中学校では、よく書取の問題がこの書物のなかから出るという話を聞いた。彼の文章は、単純なようでいて「間違い易く」、ひと癖あるようで、その実、最も正しいフランス語という定評のある所以《ゆえん》であろう。

（昭和二十六年一月）

本作品のなかには、今日の観点からみると差別的表現ないしは差別的表現ととられかねない箇所があります。しかし訳者の意図は、決して差別を助長するものではないこと、作品自体のもつ文学性ならびに芸術性、また訳者がすでに故人であるという事情に鑑み、表現の削除、変更はあえて行わず、底本どおりの表記としました。読者各位のご賢察をお願いします。

〈編集部〉

B・ヴィアン
曾根元吉訳
日々の泡

肺に睡蓮の花を咲かせ死に瀕する恋人クロエ。愛と友情を語る恋人たちの、人生の不条理への怒りと幻想を結晶させた恋愛小説の傑作。

カフカ
高橋義孝訳
変身

朝、目をさますと巨大な毒虫に変っている自分を発見した男——第一次大戦後のドイツの精神的危機、新しきものの待望を託した傑作。

カフカ
前田敬作訳
城

測量技師Kが赴いた〝城〟は、厖大かつ神秘的な官僚機構に包まれ、外来者に対して決して門を開かない……絶望と孤独の作家の大作。

サン＝テグジュペリ
堀口大學訳
夜間飛行

絶えざる死の危険に満ちた夜間の郵便飛行。全力を賭して業務遂行に努力する人々を通じて、生命の尊厳と勇敢な行動を描いた異色作。

サン＝テグジュペリ
堀口大學訳
人間の土地

不時着したサハラ砂漠の真只中で、三日間の渇きと疲労に打ち克って奇蹟的な生還を遂げたサン＝テグジュペリの勇気の源泉とは……。

ゴールズワージー
法村里絵訳
林檎の樹

ロンドンの学生アシャーストは、旅行中出会った農場の美少女に心を奪われる。恋の陶酔と青春の残酷さを描くラブストーリーの古典。

カミュ
窪田啓作訳
異邦人

太陽が眩しくてアラビア人を殺し、死刑判決を受けたのちも自分は幸福であると確信する主人公ムルソー。不条理をテーマにした名作。

カミュ
清水徹訳
シーシュポスの神話

ギリシアの神話に寓して"不条理"の理論を展開、追究した哲学的エッセイで、カミュの世界を支えている根本思想が展開されている。

カミュ
宮崎嶺雄訳
ペスト

ペストに襲われ孤立した町の中で悪疫と戦う市民たちの姿を描いて、あらゆる人生の悪に立ち向うための連帯感の確立を追う代表作。

カミュ
大久保敏彦
窪田啓作訳
転落・追放と王国

暗いオランダの風土を舞台に、過去という楽園から現在の孤独地獄に転落したクラマンスの懊悩を捉えた「転落」と「追放と王国」を併録。

カミュ
高畠正明訳
幸福な死

平凡な青年メルソーは、富裕な身体障害者の"時間は金で購われる"という主張に従い、彼を殺し金を奪う。『異邦人』誕生の秘密を解く作品。

カミュ・サルトル他
佐藤朔訳
革命か反抗か

人間はいかにして「歴史を生きる」ことができるか――鋭く対立するサルトルとカミュの間にたたかわされた、存在の根本に迫る論争。

サガン
河野万里子訳
悲しみよ こんにちは
父とその愛人とのヴァカンス。新たな恋の予感。だが、17歳のセシルは悲劇への扉を開いてしまう——。少女小説の聖典、新訳成る。

サガン
朝吹登水子訳
ブラームスはお好き
美貌の夫と安楽な生活を捨て、人生に何かを求めようとした三十九歳のポール。孤独から逃れようとする男女の複雑な心模様を描く。

カポーティ
川本三郎訳
夜の樹
旅行中に不気味な夫婦と出会った女子大生。人間の孤独や不安を鮮かに捉えた表題作など、お洒落で哀しいショート・ストーリー9編。

カポーティ
佐々田雅子訳
冷血
カンザスの片田舎で起きた一家四人惨殺事件。事件発生から犯人の処刑までを綿密に再現した衝撃のノンフィクション・ノヴェル！

カポーティ
川本三郎訳
叶えられた祈り
ハイソサエティの退廃的な生活にあこがれるニヒルな青年。セレブたちが激怒し、自ら最高傑作と称しながらも未完に終わった遺作。

カポーティ
村上春樹訳
ティファニーで朝食を
気まぐれで可憐なヒロイン、ホリーが再び世界を魅了する。カポーティ永遠の名作がみずみずしい新訳を得て新世紀に踏み出す。

堀口大學訳　アポリネール詩集

失われた恋を歌った「ミラボー橋」等、現代詩の創始者として多彩な業績を残した詩人の、斬新なイメージと言葉の魔術を駆使した詩集。

堀口大學訳　ヴェルレーヌ詩集

不幸な結婚、ランボーとの出会い……数奇な運命を辿った詩人が、独特の音楽的手法で心の揺れをありのままに捉えた名詩を精選する。

上田和夫訳　シェリー詩集

十九世紀イギリスロマン派の精髄、屈指の抒情詩人シェリーは、社会の不正と圧制を敵とし、純潔な魂で愛と自由とを謳いつづけた。

阿部知二訳　バイロン詩集

不世出の詩聖と仰がれながら、戦禍のなかで波瀾に満ちた生涯を閉じたバイロン——ロマン主義の絢爛たる世界に君臨した名作を収録。

片山敏彦訳　ハイネ詩集

祖国を愛しながら亡命先のパリに客死した薄幸の詩人ハイネ。甘美な歌に放浪者の苦渋がこめられて独特の調べを奏でる珠玉の詩集。

高橋健二訳　ヘッセ詩集

ドイツ最大の抒情詩人ヘッセ——十八歳の頃の処女詩集より晩年に至る全詩集の中から、各時代を代表する作品を選びぬいて収録する。

デフォー
吉田健一訳
ロビンソン漂流記

ひとりで無人島に流れついた船乗りロビンソン・クルーソー——孤独と闘いながら、神を信じ困難に耐えて生き抜く姿を描く冒険小説。

デュ・モーリア
茅野美ど里訳
レベッカ（上・下）

貴族の若妻を苛む事故死した先妻レベッカの影。だがその本当の死因を知らされて——。ゴシックロマンの金字塔、待望の新訳。

バルザック
石井晴一訳
谷間の百合

充たされない結婚生活を送るモルソフ伯爵夫人の心に忍びこむ純真な青年フェリックスの存在。彼女は凄じい内心の葛藤に悩むが……。

バルザック
平岡篤頼訳
ゴリオ爺さん

華やかなパリ社交界に暮す二人の娘に全財産を注ぎこみ屋根裏部屋で窮死するゴリオ爺さん。娘ゆえの自己犠牲に破滅する父親の悲劇。

スウィフト
中野好夫訳
ガリヴァ旅行記

船員ガリヴァの漂流記に仮託して、当時のイギリス社会の事件や風俗を批判しながら、人間性一般への痛烈な諷刺を展開させた傑作。

アベ・プレヴォー
青柳瑞穂訳
マノン・レスコー

自分を愛した男にはさまざまな罪を重ねさせ、自らは不貞と浪費の限りを尽してもなお、汚れを知らない少女のように可憐な娼婦マノン。

J・ジュネ
朝吹三吉訳
泥棒日記

倒錯の性、裏切り、盗み、乞食……前半生を牢獄におくり、言語の力によって現実世界の価値を全て転倒させたジュネの自伝的長編。

スタンダール
大岡昇平訳
パルムの僧院（上・下）

“幸福の追求”に生命を賭ける情熱的な青年貴族ファブリスが、愛する人の死によって僧院に入るまでの波瀾万丈の半生を描いた傑作。

スタンダール
小林 正訳
赤と黒（上・下）

美貌で、強い自尊心と鋭い感受性をもつジュリヤン・ソレルが、長年の夢であった地位をその手で摑もうとした時、無惨な破局が……。

スタンダール
大岡昇平訳
恋愛論

豊富な恋愛体験をもとにすべての恋愛を「情熱恋愛」「趣味恋愛」「肉体的恋愛」「虚栄恋愛」に分類し、各国各時代の恋愛について語る。

スタインベック
伏見威蕃訳
怒りの葡萄（上・下）
ピューリッツァー賞受賞

天災と大資本によって先祖の土地を奪われた農民ジョード一家。苦境を切り抜けようとする、情愛深い家族の姿を描いた不朽の名作。

ゾラ
古賀照一訳
居酒屋

若く清純な洗濯女ジェルヴェーズは、職人と結婚し、慎ましく幸せに暮していたが……。十九世紀パリの下層階級の悲惨な生態を描く。

R・バック
五木寛之創訳
かもめのジョナサン【完成版】
自由を求めたジョナサンが消えた後、彼の神格化が始まるが……。新しく加えられた最終章があなたを変える奇跡のパワーブック。

P・オースター
柴田元幸訳
孤独の発明
父が遺した夥しい写真に導かれ、私は曖昧な記憶を探り始めた。見えない父の実像を求めて……。父子関係をめぐる著者の原点的作品。

P・オースター
柴田元幸訳
ムーン・パレス
日本翻訳大賞受賞
世界との絆を失った僕は、人生から転落しはじめた……。奇想天外な物語が躍動し、月のイメージが深い余韻を残す絶品の青春小説。

テリー・ケイ
兼武　進訳
白い犬とワルツを
誠実に生きる老人を通して真実の愛の姿を美しく爽やかに描き、痛いほどの感動を与える大人の童話。あなたは白い犬が見えますか？

P・ギャリコ
矢川澄子訳
スノーグース
孤独な男と少女のひそやかな心の交流を描いた表題作等、著者の暖かな眼差しが伝わる珠玉の三篇。大人のための永遠のファンタジー。

P・ギャリコ
矢川澄子訳
雪のひとひら
愛の喜びを覚え、孤独を知り、やがて生の意味を悟るまで――。一人の女性の生涯を、雪の結晶の姿に託して描く美しいファンタジー。

8 1 3 —ルパン傑作集(I)—
M・ルブラン 堀口大學訳
殺人現場に残されたレッテル"813"とは? 恐るべき冷酷さで、次々と手がかりを消していく謎の人物と、ルパンとの息づまる死闘。

続 8 1 3 —ルパン傑作集(II)—
M・ルブラン 堀口大學訳
奸計によって入れられた刑務所から脱獄、ヨーロッパの運命を託した重要書類を追うルパン。遂に姿を現わした謎の人物の正体は……。

奇 岩 城 —ルパン傑作集(III)—
M・ルブラン 堀口大學訳
ノルマンディに屹立する大断崖に、フランス歴代王の秘宝を求めて、怪盗ルパン、天才少年探偵、イギリスの名探偵等による死の闘争図。

ルパン対ホームズ —ルパン傑作集(V)—
M・ルブラン 堀口大學訳
フランス最大の人気怪盗アルセーヌ・ルパンと、イギリスが誇る天才探偵シャーロック・ホームズの壮絶な一騎打。勝利はいずれに?

シャーロック・ホームズの冒険
C・ドイル 延原 謙訳
ロンドンにまき起る奇怪な事件を追う名探偵シャーロック・ホームズの推理が冴える第一短編集。「赤髪組合」「唇の捩れた男」等、10編。

緋色の研究
C・ドイル 延原 謙訳
名探偵とワトスンの最初の出会いののち、空家でアメリカ人の死体が発見され、続いて第二の殺人事件が……。ホームズ初登場の長編。

ボードレール
三好達治訳

巴里の憂鬱

パリの群衆の中での孤独と苦悩を謳い上げた50編から成る散文詩集。名詩集「悪の華」と並んで、晩年のボードレールの重要な作品。

堀口大學訳

ボードレール詩集

独特の美学に支えられたボードレールの詩的風土――「悪の華」より65編、「巴里の憂鬱」より7編、いずれも名作ばかりを精選して収録。

ボードレール
堀口大學訳

悪の華

頽廃の美と反逆の情熱を謳って、象徴派詩人のバイブルとなったこの詩集は、息づまるばかりに妖しい美の人工楽園を展開している。

ボーヴォワール
青柳瑞穂訳

人間について

あらゆる既成概念を洗い落して、人間の根本問題を捉えた実存主義の人間論。古今の歴史や文学から豊富な例をひいて平易に解説する。

青柳瑞穂訳

モーパッサン短編集（一・二・三）

モーパッサンの真価が発揮された傑作短編集。わずか10年の創作活動の間に生み出された多彩な作品群から精選された65編を収録する。

モリエール
内藤　濯訳

人間ぎらい

誠実であろうとすればするほど世間とうまく折り合えず、恋にも破れて人間ぎらいになっていく青年を、涙と笑いで描く喜劇の傑作。

新潮文庫最新刊

垣根涼介著
室町無頼（上・下）
応仁の乱前夜。幕府に食い込む道賢、民を束ねる兵衛。その間で少年才蔵は生きる術を学ぶ。史実を大胆に跳躍させた革新的歴史小説。

塩野七生著
十字軍物語　第三巻
—獅子心王リチャード—
サラディンとの死闘の結果、聖地から追放された十字軍。そこに英王が参戦し、戦場を縦横無尽に切り裂く！　物語はハイライトへ。

塩野七生著
十字軍物語　第四巻
—十字軍の黄昏—
十字軍に神聖ローマ皇帝や仏王の軍勢が加わり、全ヨーロッパ対全イスラムの構図が鮮明に。そして迎える壮絶な結末。圧巻の完結編。

朱野帰子著
わたし、定時で帰ります。
絶対に定時で帰ると心に決めた会社員が、部下を潰すブラック上司に反旗を翻す！　働き方に悩むすべての人に捧げる痛快お仕事小説。

近藤史恵著
スティグマータ
ドーピングで墜ちた元王者がツール・ド・フランスに復帰！　白石誓はその嵐に巻き込まれる。「サクリファイス」シリーズ最新長編。

本城雅人著
英雄の条件
メジャーで大活躍した日本人スラッガーに薬物疑惑が浮上。メディアの執拗な追及に沈黙を貫く英雄の真意とは。圧倒的人間ドラマ。

新潮文庫最新刊

石井妙子著
原節子の真実
新潮ドキュメント賞受賞

「伝説の女優」原節子とは何者だったのか。たったひとつの恋、空白の一年、小津との関係、そして引退の真相——。決定版本格評伝！

石井光太著
「鬼畜」の家
——わが子を殺す親たち——

ゴミ屋敷でミイラ化。赤ん坊を産んでは消し、ウサギ用ケージで監禁、窒息死……。家庭という密室で殺される子供を追う衝撃のルポ。

福田ますみ著
モンスターマザー
—長野・丸子実業「いじめ自殺事件」教師たちの闘い—

少年を自殺に追いやったのは「学校」でも「いじめ」でもなく……。他人事ではない恐怖を描いた戦慄のホラー・ノンフィクション。

根岸豊明著
新天皇 若き日の肖像

英国留学、外交デビュー、世紀の成婚。未来の天皇を見据え青年浩宮は何を思い、何を守り続けたか。元皇室記者が描く即位への軌跡。

塩野七生著
十字軍物語 第一巻
—神がそれを望んでおられる—

中世ヨーロッパ史最大の事件「十字軍」。それは侵略だったのか、進出だったのか。信仰の「大義」を正面から問う傑作歴史長編。

塩野七生著
十字軍物語 第二巻
——イスラムの反撃——

十字軍の希望を一身に集める若き癩王と、ジハード＝聖戦を唱えるイスラムの英雄サラディン。命運をかけた全面対決の行方は。

Title : HISTOIRES NATURELLES
Author : Jules Renard

博《はく》 物《ぶつ》 誌《し》

新潮文庫　ル－2－1

Published 2001 in Japan
by Shinchosha Company

昭和二十九年四月十五日 発 行
平成十三年六月二十日 四十六刷改版
平成三十一年二月 五 日 五十二刷

訳 者 岸《きし》田《だ》国《くに》士《お》
発 行 者 佐 藤 隆 信
発 行 所 株式会社 新 潮 社
郵便番号 一六二―八七一一
東京都新宿区矢来町七一
電話 編集部(〇三)三二六六―五四四〇
読者係(〇三)三二六六―五一一一
http://www.shinchosha.co.jp

価格はカバーに表示してあります。

乱丁・落丁本は、ご面倒ですが小社読者係宛ご送付ください。送料小社負担にてお取替えいたします。

印刷・錦明印刷株式会社　製本・株式会社植木製本所
Printed in Japan

ISBN978-4-10-206701-7 C0145